Hans W. Valentin

Vergiss Fernsehen

Roman

AF286476

02/09
**Bibliografische Information der Deutschen Natio-
nalbibliothek**
Die Deutsche Nationalbibliothek verzeichnet diese
Publikation in der Deutschen Nationalbibliografie; detail-
lierte bibliografische Daten sind im Internet über
http://dnb.d-nb.de abrufbar.

ISBN-13: 9783837056655

Herstellung und Verlag:

Books on Demand GmbH, Norderstedt

Hans W. Valentin

Vergiss Fernsehen

Roman

A tribute to Katrin and Ehrensenf.

6. Februar 2007

"Das war Ehrensenf. Ich bin Katrin! Tschüss!"
Es folgt der Abschlussgag und Katrin verschwindet wieder vom Bildschirm. Zum Glück nicht für immer, denn es gibt ja die Maus und der Spot kann direkt wieder gestartet werden. Ralph Moeller sitzt, wie jeden Tag, vor seinem Computer und zieht sich die tägliche Ration Ehrensenf rein. Ab 9 Uhr gibt es für ihn schon seit Monaten dieses tägliche Ritual. Das Warten auf die neue Folge. Anders als beim normalen Fernsehen kann man nie wissen wann es endlich bei Ehrensenf losgeht. Die ersten Minuten sind qualvoll. Die Droge lässt immer mal wieder auf sich warten. An manchen Tagen kommt erst um halb zwölf der ersehnte Wechsel im Startbild und Katrin erscheint. Seine Miene entspannt sich und trotzdem sind alle Sinne gespannt und sein Blick bohrt sich förmlich in das kleine Quadrat, in dem der Erkennungsfilm mit dem Senf, dem extra scharfen, abläuft, bis dann endlich das vertraute Gesicht von Katrin mit dem attraktiven Leberfleck über dem rechten Mundwinkel erscheint. Zum Glück ist es wieder Katrin und nicht eine der mittlerweile zahlreichen Vertretungen, weder Beate, Sarah, Cathrin, Saskia oder gar Mark. Nicole auch nicht, obwohl er ihr sehr ans Herz gelegt hat, sich als Moderatorin zu melden, als dazu aufgerufen wurde. Vielleicht wäre sie ja genommen worden. Er kennt sie aus einem

Improtheater-Workshop und kann sie sich sehr gut als Katrin-Vertretung vorstellen.

Aufmerksam lauscht er der Stimme von Katrin im Lautsprecher. Mehr als die Gags, gefischt aus dem unerschöpflichen Internet, interessieren ihn die Mundbewegungen von Katrin, wie sie die Lippen schürzt, verschmitzt lächelt, die Augenbrauen hochzieht, kichert oder lacht. Manchmal, und dann mag er sie ganz besonders, fragt sie mit kindlicher Stimme nach rechts in den Raum eine nicht sichtbare Person irgend etwas. Was gäbe er darum, dort zu stehen und seine Katrin aus nächster Nähe zu sehen. Manchmal stellt er sich vor, wie sie überhaupt nur zu ihm spricht, ihm allein die obskuren Dinge aus dem World Wide Web schmackhaft macht. Natürlich weiß er, dass er nicht der Einzige ist, für den Katrin zu einer Idealfrau geworden ist. Die Zuschriften nach jeder Sendung beweisen es. Er will es aber gerne sein. Zu einer Registrierung und Zuschrift konnte er sich jedoch noch nicht durchringen. Er will ja auch Katrin nicht teilen mit diesen Typen im Forum, die sie so unverblümt und unverschämt anbaggern. Manchmal hat er sich schon gefragt, wer die Knaben sind, die da ihre pubertären Sprüche loswerden wollen. Alle sind anscheinend von Katrin begeistert und sagen das auch, mitunter recht eindeutig. Das sind für ihn die Schlimmsten. In den letzten Monaten hat er einen richtigen Hass auf diese "Mitbewerber" entwickelt. Andere wiederum scheinen nur zu zeigen, dass sie Ehrensenf gucken und was für tolle Forumnutzer sie doch sind. Manche haben eine für alle sichtbare Beziehung zu anderen im Forum entwickelt und jeder ihrer Beiträge endet mit dem obligatorischen Gruß an Nana im Hochmoor oder Queck vom Land, wo auch immer das sein mag. Er findet es kindisch und echt daneben. Ab heute geht noch mehr der kostbaren Zeit mit Katrin flöten, denn jetzt dürfen die Zuschauer die Spieletipps anmoderieren.

21. Februar 2007

Die Berlinale ist vorbei und Katrin ist wieder da. So fängt der Tag ganz anders an. Saskia ist zwar gut, aber doch nicht wirklich mit Katrin zu vergleichen. Schon beim ersten Mal, wann und wie er auf Ehrensenf kam, kann er überhaupt nicht mehr sagen, fand er Katrin richtig toll und einen Lichtblick im "bewegten" Internet. Da er fast täglich einige Stunden vor dem Computer verbrachte, klickte er auch immer mal bei Ehrensenf vorbei und freute sich über die ziemlich ausgefallenen Fundstücke, die die Moderatorin ihren Zuschauern präsentierte. Wenn Sarah kam, weil Katrin Urlaub hatte, ließ er sich eben von ihr die witzigen Links vorführen. Die eine oder andere Website besuchte er dann auch. Aber schon von Anfang an war er mehr an der Moderatorin interessiert als an den Beiträgen. Die Spieletipps gingen total an ihm vorbei. Wer sich für so was interessierte, möglicherweise sogar nur für die Spiele, war ihm rätselhaft. Er auf jeden Fall nicht. Warum Katrin so eine starke Anziehung auf ihn ausübt, war ihm auch nicht klar. Er macht sich auch nicht viel Gedanken darüber. Ihm gefällt sie einfach und er kann sie sich so zurechtbasteln, wie er will. Natürlich liegt es auch daran, dass sie durch ein Casting gefunden wurde und ihre Bildschirmtauglichkeit war nun mal der Fokus bei dieser Sache. Wenn man die Zustimmung im Forum verfolgte, lagen die Ehrensenf-Macher damit auch goldrichtig.

Mittlerweile hatte sie den Grimmepreis für innovative Internetformate gewonnen und das sprach ja auch dafür, dass sie die genau richtige Frau vor der Ehrensenf-Kulisse im Studio ist. Eigentlich hat ja Ehrensenf den Preis erhalten, aber Katrin ist eben das Gesicht, und ohne Katrin hätte es vielleicht, oder doch eher sicher, keinen Preis für die Ehrensenf-Macher von ravenrocker gegeben.

1. März 2007

Queck geht Ralph voll auf den Geist. Die Beziehung zu Nana wird immer stärker. Anderen geht es auch schon zu weit und sie fordern die Beiden auf, endlich aus dem Forum zu verschwinden und ihre Mails direkt auszutauschen. Katrin ist jetzt aus Ralphs Tagesablauf kaum noch wegzudenken. Täglich klickt er unzäh-

10

lige Male auf den Startknopf und kein Blick, kein noch so hingehauchtes Wort seiner Katrin entgeht ihm. Samstag und Sonntag sind kaum noch zu ertragen. Keine Katrin vor Montag. Zum Glück gibt es ja das Archiv und da die Beiträge für ihn nur von peripherer Bedeutung sind, kann er auch diese Tage mit Katrin füllen. Ehrensenf versucht jetzt auf allen Kanälen ihr Produkt an den Mann zu bringen. Kaum ein Tag vergeht, ohne dass nicht irgendwo ein Hinweis auf Ehrensenf und damit auch auf Katrin auftaucht. Der normale Medienkonsument nimmt sowieso erst mal Katrin wahr, zwar nur das Gesicht von Ehrensenf, aber mittlerweile das Hauptprodukt, wenigstens in den Augen von Ralph, aber auch von vielen anderen Konsumenten. Katrin taucht in Talk-Shows auf, bei Raab und in allen Programmzeitschriften, im Stern und in anderen TV-Sendungen. Sie moderiert auf der Berlinale, bei Preisverleihungen und tritt im WDR-Radio anlässlich der lit.cologne auf. Katrin ist überall und auf allen Kanälen - kurz: Ein mediales Ereignis!

Aber nicht DAS mediale Ereignis für Ralph, denn, so richtig weiß er nicht wieso, Katrin macht im realen Fernsehen auf ihn nicht den tollen Eindruck, dem sich viele andere offenbar nicht entziehen können. Irgendwie findet er ihre quasi Zwei-Dimensionalität in dem engen Studio, in der immer gleichen kargen Ausstattung, lebendiger und angemessener, als in den Totalansichten bei 3Sat und Raab. Jedes Mal, wenn sie nach ihrer

Moderation aufsteht und aus dem Bild läuft, kann er dieses Phänomen bei sich beobachten. Sobald sie in ganzer Größe zu sehen ist, hat er Probleme mit ihr.

Er ist jetzt 38 und seit vier Jahren wieder solo. Seine Frau hat ihn nach einem ausgedehnten Urlaub in den USA verlassen. Der Urlaub sollte ein Höhepunkt ihrer 10-jährigen Ehe sein und war dann doch nur der vorletzte Tiefpunkt. Der letzte war die Scheidung ein Jahr später. Seit dieser Zeit lebte er zurückgezogen in der Wohnung, die er behalten hatte, denn sie lag verkehrsgünstig zu seiner Arbeitsstelle, war damals für ihn noch erschwinglich und kam seiner allgemeinen Stimmung entgegen.

Vor zwei Jahren dann der Glücksfall, er kann manchmal nicht recht erkennen, ob es wirklich einer für ihn ist. Seine Mutter gewinnt einige Millionen im Lotto und verschafft ihm und seinen beiden Schwestern ein sorgenfreies Leben. Sie selbst wohnt in einem altengerechten Seniorenwohnheim in Heidelberg und hat seitdem nichts mehr von sich hören lassen. Kurz entschlossen kündigte er seinen Job als technischer Angestellte in einer Firma für Dienstleistungen in der Chemie in der Nähe von Köln und lebt jetzt mittelprächtig von den Zinsen aus seinem gut angelegten Kapital. Die Kündigung fiel ihm nicht sonderlich schwer, denn nach dem Weggang seiner Frau kam er auch beruflich ins Schleudern. Ausschlaggebender Grund für die Entscheidung, seinen Beruf an den sprichwörtlichen Nagel zu hängen, war der fehlende Lichtschalter für die neue Beleuchtungsanlage in der renovierten Kantine seines Arbeitgebers. Er hatte die elektrische Anlage geplant, die Arbeiten beaufsichtigt, aber niemand bemerkte in dieser Zeit, dass für die Beleuchtung keine Schalter vorgesehen waren. Bei der Endabnahme der Montage sprang es dann allen Beteiligten förmlich ins Auge.

1. März 2007

Jetzt kann man bei Ehrensenf seinen Wohnort angeben und ein Bild von sich einstellen. Das Ganze wird in eine Karte von GoogleMaps eingetragen. Ein Ehrensenf-Enthusiast hat sich das ausgedacht bzw. die Adresse gefunden, um darzustellen, wo die Ehrensenf-Begeisterten wohnen. Ein paar Tage später ist es aber wieder mehr oder weniger verschwunden. Die Adresse www.frappr.com gibt es zwar noch, aber die Ehrensenf-Karte ist weg. Die User waren wohl doch nicht so begeistert. In der kurzen Zeit aber, in der die Sache funktionierte, konnte er feststellen, dass ihm der ätzende Queck, der sich immer mit dieser Nana per Ehrensenf-Forum mailte, irgendwie bekannt vorkam. Queck hatte sich auch bei den Spieletipps produziert und Ralph Moeller vermutet in ihm den Mitarbeiter einer kleinen Firma in Ahrweiler, mit der er einmal beruflich Kontakt hatte. Die Frappr-Karte bestätigte das dann auch noch, denn besagter Queck wohnt in Ahrweiler. Von der Richtigkeit dieser Angabe war er überzeugt, denn in dieser Wohnorterhebung tragen die, die dabei mitmachen, sicher ihren wahren Wohnort ein. Er nimmt sich vor, dies bei passender Gelegenheit zu überprüfen, um den letzten Rest von Zweifel auszuräumen.

Letztlich gibt diese Sache den Anstoß dafür, sich mehr um die Lebenssituation von Katrin zu kümmern.

Er streicht wie ein verliebter Kater in Köln abends mehrmals an dem Studio in den Räumen von ravenrocker in der Antwerpenerstraße vorbei. Durch die Schaufensterscheibe sieht er auch Katrin hinter ihrem Schreibtisch vor der beige-braunen Rückwand sitzen. Vor ihr hockt ein Kameramann und auf einem Stativ steht die Kamera. Sie spielt mit einem Luftballon herum und lacht leider nicht ihn an, sondern eher den Kameramann mit der Baseball-Kappe. Er weiß, dass Katrin an einer FH in St. Augustin Technikjournalismus studiert und gerade mit ihrer Diplomarbeit beschäftigt ist und kurz vor dem Abschluss steht. Sie wohnt in Beuel in einer WG mit anderen Studenten und er hat in einer Sendung auch schon einmal das Klingelschild ihrer Wohnung gesehen. Sie spielt Saxophon und moderiert bei verschiedenen Sendern in der Region.

Eigentlich dreht sich sein Tag immer mehr um Katrin. Kaum noch trifft er sich mit Freunden, Bekannten und geht auch nicht in Kneipen. Höchstens trinkt er mal einen Kaffee in einem der vielen Cafés in Köln und den anderen kleinen Städten in der Nähe seines Wohnortes. Sobald sie auf Sendung ist, kann er kein Auge mehr von ihr wenden. Stunde um Stunde hört er sich die Sendung an, die nur ein paar Minuten dauert. Die Netto-Katrin-Zeit ist ja noch einmal kürzer. Im Internet sucht er sich Zusatzinfos. Es gibt das Lachen von Katrin in Mp3, was auch wirklich einmalig ist, denn keine Frau kann so natürlich und ansteckend lachen wie Katrin. Katrin gibt es in Wikipedia und in den verschiedensten Mitschnitten von Sendungen mit Katrin. Das Internet ist voll von Spuren, die alle zu Katrin Burenfried aus dem Schwabenland zu führen scheinen. Ihr Geburtstag am 21. Juli ist ihm bekannt und sie wird in diesem Jahr 25.

In stillen Augenblicken, wenn er seinen Gedanken nachhängt, im Café oder an Wochenenden und beim Frühstück, fragt er sich, wo ihn diese Obsession hinführt. Eine Obsession hat er an sich selbst schon diagnostiziert, aber sobald die täglich neue Katrin auf dem Bildschirm erscheint, ist diese Erkenntnis wieder wie weggewischt, ausgeklammert und vollkommen aus seinem Bewusstsein ausgeblendet.

30. März 2007

Maßlos ärgert sich Ralph Moeller als am 15. Januar Beate für Katrin einspringt. Es wurde zwar schon vorher angekündigt, aber dass ihnen ein Mädchen vorgesetzt wird, wie für Heidi Klums Germany's Next Model oder für eine Neuauflage des Schulmädchenreports gecastet, das hat ihn doch sehr überrascht. Das Schlimmste für ihn aber waren die 271 Kommentare, die sich im Laufe des Tages ansammelten. 271 Kommentare! Dreimal mehr als bei einer tollen Vorstellung von Katrin! Und mindestens zwei Drittel waren positiv. Teilweise sogar richtig enthusiastisch. Es war einfach nicht zu glauben. Seine Welt kam regelrecht ins Wanken. Er musste irgend etwas unternehmen, und zwar sofort. Er will nicht der einsame Rufer in der Wüste sein, er will ein Macher sein. Um ein Exempel an der treulosen Ehrensenf-Gemeinde zu statuieren, ist ihm jedes Mittel recht. Im fällt sofort Queck ein. Der einzige Kommentator, den er kennt. Er sucht sich in einem Geschäftskarten-Album aus seiner aktiven Zeit die passende Visitenkarte und weiß dann den Namen und die Adresse der Firma. Den Rest erledigt die Telefon-CD: Er heißt Ronald Dreistern und wohnt am Sebastianuswall in Ahrweiler. Per Google-Earth kann er feststellen, dass dessen Wohnung an der alten Stadtmauer liegt, direkt neben einem Tor und einem Parkplatz. Er beschließt, noch am gleichen Tag dorthin zu fahren und die Gegend abzuchecken und sich ein Bild von den Möglichkeiten zu machen. Er ist zu allem bereit und will auch nicht vor Gewaltmaßnahmen zurückschrecken. Alles läuft bestens. Dreistern hat einen kleinen Hund, den er nachts noch einmal draußen vor der Stadtmauer seine Geschäfte machen lässt. Um diese Zeit ist die Promenade menschenleer. Ideale Voraussetzungen.

Mitte März ist es soweit. Ein ehemaliger Arbeitskollege ist während der CeBit mit seiner Frau in Hannover, weil er für seine Firma dort Standdienst hat. Seinen Hund gibt er eigentlich immer in einer Pension in der Eifel in Pflege, aber kürzlich hatte er sich bei einer vergeblichen Hasenjagd einen Lauf gebrochen und ist deshalb noch nicht pensionstauglich. Eine bessere Möglichkeit gibt es nicht. Mit einem Hund kann man mitten in der Nacht mit einem anderen Hundebesitzer ohne Schwierigkeiten ins Gespräch kommen. Seit er Donald Westlakes "Der Freisteller" gelesen hat, glaubt er fest daran, dass die Chancen groß sind, auch nach einem Verbrechen unentdeckt zu bleiben, wenn nur das Motiv für die Ermittler ein unlösbares Rätsel bleibt. Der Held dieses Romans ist arbeitslos, sucht sich seinen Traumjob und beseitigt alle potenziellen Mitbewerber für diese Stelle und erledigt dann auch den aktuellen Inhaber seines künftigen Arbeitsplatzes. Er ist der einzige geeignete Bewerber für den Job, bekommt ihn auch und seine tödliche Mitwirkung bleibt, trotz heftigster Ermittlung der Polizei, unentdeckt.

Ganz im Gegensatz zu dem bekannten Satz von Murphy, dass alles schief geht, was schief gehen kann, geht an diesem Abend nichts schief. Kaum steht er auf dem

Parkplatz und hat gerade den Motor ausgeschaltet, da kommt ihm auch schon Dreistern mit dem Hund, einem kleinen Jack Russel, durchs Tor entgegen. Er steigt aus und sein Hund nimmt gleich am Anfang der Promenade Kontakt zu Dreisterns Hund auf. Es ist kurz vor halb zwölf und kein Mensch sonst auf der Straße. Die Fenster in der Umgebung sind unbeleuchtet. Nach einem Hallo bietet er Dreistern, der einen dunklen Rollkragenpullover, einen grauen Anorak und verschlissene Jeans trägt, eine Zigarette an. Er raucht zwar nicht, das ist aber ein Teil seiner Tarnung, falls doch etwas schief laufen sollte. Dreistern lehnt ab, Ralph Moeller steckt sich trotzdem eine zwischen die Lippen und gibt sich den Anschein, umständlich unverfänglich nach einem Feuerzeug zu kramen, zieht aber stattdessen einen eigens zurechtgeschliffenen Schraubendreher aus der Tasche und sticht damit kräftig in der Halsgegend Dreisterns zu. Dieser springt überrascht zurück, stolpert und fällt mit dem Hinterkopf auf die Abfallbehälter-Tütenspender-Kombination aus Metall, die am Anfang der Promenade aufgestellt ist. Er liegt auf dem Rücken und rührt sich nicht mehr. Sein Hund gibt auch keinen Laut von sich, setzt sich neben seinen Kopf und leckt ihm die Stirn. Verblüfft über den glatten Ablauf, der für Moeller fast ohne groß nachzudenken abgelaufen ist, geht er die paar Schritte zu seinem Auto und verschwindet mit seinem Hund Richtung Autobahn. Den blutigen Schraubendreher wirft er bei Groß-Vernich in die Erft und fährt dann endlich nach Hause. Am nächsten Morgen liest er im Express, dass der Mann im Koma liegt. Eine Frau, die an diesem Abend spät aus dem Winterurlaub kam, den ganzen Tag gefahren war und mit ihrem Hund auch noch einmal nach draußen wollte, hatte die Polizei gerufen, weil sie sich um den Hund eines Penners sorgte, der neben seinem anscheinend betrunkenen Herrchen wachte. So vergingen wertvolle Minuten bis das wahre Ausmaß erkannt und Ronald D. (36), wie es hieß, in ein Krankenhaus eingeliefert werden konnte. Sinnig war diese Meldung mit den Schlagzeilen: "Promenadenmord! Erst Gassi, dann Koma!" aufgemacht. Ralph Moeller fühlt sich total sicher und kann sich nicht vorstellen, wie ihm die Polizei auf die Spur kommen will. Wahrscheinlich endet dieser Fall nach einem Jahr bei "Aktenzeichen XY...ungelöst" im Fernsehen. Er hat etwas getan, was ihn aus seiner passiven Rolle herausgerissen hat, aber er erkennt auch, dass es zwar ein erster Schritt war, aber in die falsche Richtung. Das mit Ronald Dreistern war ein absoluter Glücksfall, der nicht unbegrenzt wiederholbar ist. Auch der Erziehungswert für die abtrünnig gewordenen Katrin-Fans scheint ihm in der Rückschau äußerst gering zu sein. Ein paar Tage wird Nana vom Hochmoor im Forum auf einen Kommentar von Queck vom Land warten, es dann aufgeben, aber niemand wird irgendwelche Nachforschungen anstellen, da die wahre Identität von Queck nur wenigen bekannt ist und außerdem niemand eine Verbindung vom Ehrensenf-Forum zu dem so genannten Promenadenmord vermutet.

Dann kommt der 30. März. Die mittlerweile diplomierte Katrin, war auf der Berlinale, in verschiedenen Talk-Shows und hatte ihren Auftritt bei Harald Schmidt, was von den meisten selbsternannten Katrin-Experten nicht als ein weiterer Höhepunkt ihrer Karriere gewertet wurde. Alle Vertretungen in dieser Zeit fanden zwar nicht immer Beifall, aber auch immer wieder outeten sich sofort einige als Fans von Saskia, Cathrin und Mark. Nicht wenige riefen sogar ganz unverblümt nach Beate. Ralph Moeller dachte immer intensiver daran, eine wirklich grundlegende, noch nie da gewesene und richtig dramatische Aktion zu starten und auch durchzuziehen. Nur was! Noch einmal einen Verehrer ins Koma zu schicken kam nicht in Frage, das war im zumindest in den letzte Tagen klar geworden.

Dann, so um viertel vor zwölf am Freitag, dem 30. März, weiß er es genau. Katrin selbst flüstert ihm quasi den Tipp zu. In dem Spot sagt sie bei der Moderation die entscheidenden Worte. Die wenigsten haben es vielleicht mitgekriegt, da sie etwas leiser eine ihrer typischen Nebenbemerkungen ins rechte Off macht. Es drehte sich darum, dass man schnell ins Gefängnis wandern kann und der Schlüsselsatz für Ralph Moeller heißt: "Mein Gott! Hier moderiert man ja ständig mit einem Bein im Knast. Gut! Da hätte ich immerhin mehr Platz." Dabei sieht sie nach rechts und dreht den Kopf nach oben, lässt ihren Blick über die Decke schweifen und schaut dann nach links, alles, während sie ihre unvergleichlichen, vollen Lippen der Kamera zuwendet und mimisch gekonnt darstellt, dass ihr Studio ein elend kleines Kabuff ist.

Ihm schießt die total genial erscheinende Idee durchs Hirn, Katrin zu entführen und sie unter seiner Regie weiter Ehrensenf-Folgen produzieren zu lassen.

2. April 2007

Katrin ist wieder da, aber schon leicht verschnupft. Wer genau hinhört und auf die kleinen Hinweise achtet, ahnt, dass sie vielleicht am nächsten Tag wegen Krankheit ausfällt. Das gibt ihm aber Zeit, seinen Plan richtig zu durchdenken und dann auch gezielt umzusetzen. Jetzt, nachdem er weiß was er will, ist er fest entschlossen, die Sache zügig anzugehen und sie auch erfolgreich zu beenden.

Das Ahrweiler-Ding, wie er es bei sich nennt, hat einen etwas unerwarteten Fortgang genommen, wie er aus der einschlägigen Presse entnehmen konnte. Zu einem Fernseh-Auftritt von Dreistern kam es auch schon. Er wurde, anders als anfangs dargestellt, von den behandelnden Ärzten in ein künstliches Koma versetzt, um die

Schädelverletzung besser in den Griff zu bekommen. Nebenbei wurde die Stichwunde behandelt, die sich als nicht so schwer herausstellte. Durch den Rollkragenpullover war anscheinend die wirksame Einstichstelle für den Angreifer nicht genau auszumachen und die Stichwaffe deshalb hinter dem Schlüsselbein in den Körper eingedrungen. Es wurden keine lebenswichtigen Blutgefäße getroffen oder verletzt. Der Mann hatte einfach Glück gehabt. Am Tatort wurde nichts Verwertbares gefunden, keine Zeugen aufgetrieben und auch kein vernünftiges Motiv erkannt. Die Spurensicherung fand in dem ebenfalls zum Tatwerkzeug gewordenen Abfallbehälter, außer dem üblichen Müll, seltsamerweise eine ungeöffnete Senftube mit dem Aufdruck: extra scharf. Weder hat Ralph Moeller die Tube dort deponiert, das weiß er natürlich, noch soll es Dreistern gewesen sein. Wenn das in einem Fernsehkrimi oder Roman vorkäme, würde man sich an den Kopf fassen. Im wahren Leben gibt es solche merkwürdigen Zufälle aber wesentlich öfter, als man glaubt.

Mehr Bedeutung legte man daher auf die Aussage Dreisterns, und das war auch der Grund, warum der Überfall bundesweit seinen Weg in die Medien fand, dass der Angreifer ihm vor dem Stich eine Zigarette angeboten hatte, die er aber abgelehnt habe, da er schon seit Jahren überzeugter Nichtraucher sei. Mit dieser neuen Wendung wurde der Fall hochgespielt und in den entsprechenden Abendschauen und dann auch in den Extra-Sendungen der Privaten ausführlich behandelt und regelrecht ausgeschlachtet, weil man jetzt glaubte, auf den ersten Fall von militantem Raucherfrust gestoßen zu sein. Damit liefen die Ermittlungen in eine völlig andere Richtung und Ralph Moeller war sich sicher, dass er jetzt wirklich ganz aus dem Schneider war.

In der Nacht kam er kaum zum Schlafen. Die Herausforderungen, die ihn erwarteten, hielten ihn wach. Es waren ja auch eine Menge Fragen zu klären: Wo sollte er Katrin angemessen unterbringen? Wie klappte es mit der Essensversorgung? Wie konnte er einen gewissen Komfort ermöglichen, aber gleichzeitig den Kontakt nach Außen verhindern? Mit welchem Equipment muss er sein Studio ausrüsten? Wie bringt er Katrin dazu, einen oder mehrere Spots zu drehen, die auch vorzeigbar sind und in denen Katrin genauso lacht, wie ihre Fangemeinde das von ihr gewohnt ist? Wie lange kann er durchhalten? Wie soll die Sache enden? Fragen über Fragen.

Immerhin konnte er schon in der ersten Nacht nach der glorreichen Idee den ersten Gag in sein, vorerst nur virtuell vorhandenes, Drehbuch schreiben: Katrin hat eine neue Frisur, die das rechte Ohr vollkommen sichtbar lässt. Dazu macht sie eine ihrer typischen Bemerkungen ins rechte Off in der Art: Ich will, dass meine

Beliebtheitswerte auch so ins Unermessliche steigen, wie die von der Merkel.

Viele Randbedingungen, soweit kam er in seinen, noch ungeordneten, Planungsüberlegungen in dieser Nacht recht schnell, fügten sich ideal in das Gesamtkonzept ein.

Seine Wohnung, deren Lage und sein abgemagertes soziales Umfeld ist wie dazu geschaffen, einen solchen Gast, auch für längere Zeit, zu beherbergen.

Er lebt ganz allein in dem Haus an der Autobahn, der A61 nach Koblenz. Es ist ziemlich überdimensioniert mit 5 Zimmern und Küche, Bad und Keller. Der Keller hat es in sich. Er liegt unter dem Flur, hat keine Fenster, sondern nur kleine Entlüftungsöffnungen. Der Zugang liegt hinter einer Falltür in einem Nebenraum des Flurs. Normalerweise liegt eine Matte darüber. Die wenigen Besucher, die in den letzten Jahren zu ihm kamen, wissen gar nichts davon. Das Haus hat einen Hof mit ehemaligen Pferdeställen, die schon seit Urzeiten nicht mehr entsprechend genutzt wurden. Hier hat sich alles mögliche angesammelt, was bei den seltenen Sperrmüllterminen nicht den Weg auf die Kippe geschafft hat. Reifen, Möbel, ein Sofa, alte Fahrräder, Wannen, Werkzeuge, Balken, Bretter. Kurzum, ziemlich viel Krimskrams. In einem offenen Stall steht sein Auto, ein Peugeot-307-Kombi mit Anhängerkupplung. Einen Anhänger hat er auch, weil er vor einem Jahr seine Heizung auf Holz umgestellt hat. Deshalb ist ein großer Teil des übrigen Stallraums mit Brennholz gefüllt. Das alles kommt ihm jetzt sehr gelegen.

Sein Haus steht zwar einsam an der Straße, sein nächster Nachbar ist 100 m entfernt, ohne direkten Einblick. Aber den ganzen Tag wandern Leute mit ihren Hunden an dem Grundstück entlang zur Swist. Wenn die sich auch bisher nicht für seine Aktivitäten interessiert haben, so kennt man doch aus den einschlägigen Sendungen im Fernsehen, dass die Passanten immer sachdienliche und hilfreiche Mitteilungen machen können. Sie beobachten Dinge, denen man in seinem ganzen Leben keine Bedeutung geschenkt hat. Er hat ihnen aber bisher wenig Spektakuläres geboten. Er ist oft mit seinem Auto und Anhänger unterwegs, um Holz zu holen. Der Wald ist ja nah, er besitzt einen Sammelschein und versucht immer seinen Vorrat auf einem gewissen Stand zu halten, der ihm im Notfall Brennholz für zwei Jahre garantiert. Bei seinen Bauarbeiten war er auch dauernd unterwegs, deshalb kann er sich nicht vorstellen, dass die jetzt notwendigen Fahrten für die Beschaffung der Balken, Bretter und Dämmmaterial besonders auffallen werden. Er will im Keller eine vollständige Wohnung für Katrin bauen. Einen Raum zum Wohnen und Schlafen und direkt daneben, das Studio. Im Prinzip ein Container im Keller. Sehr gut gedämmt, damit kein Geräusch nach draußen dringt, aber auch der Geräuschpegel von der

Autobahn stark gedämpft wird, damit keine Fremdgeräusche von außen die Tonaufnahmen stören. Die elektrischen Anschlüsse und das Netzwerk für den Computer sind kein Problem, da Moeller ja vom Fach ist. Obwohl er schon seit zwei Jahren nicht mehr aktiv in seinem Beruf arbeitet, hält ihn aber der Zuwachs an Elektronik im Haus und die Automatisierung im privaten Umfeld auf der Höhe der Zeit. Er hat Zeit und deshalb auch wenig Grund, Handwerker zu beschäftigen, die zum Beispiel seine Außenbeleuchtung auf Bewegungsmelder umbauen. Seine Satellitenanlage hat er sich selbst installiert, seine Heizung alleine umgebaut. Für die Einrichtung und Administration seines PC-Netzwerkes braucht er auch keine Hilfe. Insofern lebt er fast autark in seinem Haus.

Seine sozialen Kontakte sind stark geschrumpft. Die meisten Freunde und Bekannten brachte seine Frau mit in die Ehe. Er ist eher still und fast schon mundfaul. Das ermuntert auch niemanden besonders, ihn zu besuchen oder ihn zu der einen oder anderen Feier oder Festlichkeit im spärlichen Bekanntenkreis einzuladen. Im letzten halben Jahr waren seine Kontakte vollkommen auf Null gefallen, hauptsächlich wegen Katrin. Ihm ist es recht. Er ist Steinbock, glaubt allerdings nicht an den Sternenmumpitz, ihm gefällt es aber, die Steinbock-Eigentümlichkeiten, die er bei sich entdecken kann, als vorteilhaft anzuerkennen und als Plus auf seinem Charakterkonto zu verbuchen.

Von seiner Ex-Frau hat er schon lange nichts mehr gehört. Nach der Scheidung ist sie wieder nach Niedersachsen gezogen und hat ihn aus ihrem Leben gestrichen. Das waren jedenfalls ihre Worte auf dem Treppenaufgang im Euskirchener Gerichtsgebäude nach der Scheidungsverhandlung. Sie haben keine Kinder und die Unterhaltsregelungen wurden einvernehmlich so geregelt, dass jeder sich selbst versorgt und keine weiteren Ansprüche mehr geltend gemacht werden können. Damals hat natürlich niemand mit der tollen Wendung für ihn gerechnet, die der Lottogewinn seiner Mutter bewirkte. Er, nebenbei gesagt, auch nicht.

Aus heiterem Himmel erreichte ihn die Nachricht, dass er einen ansehnlichen Teil des Millionengewinns erhält. Das Verhältnis zu seiner Mutter war sehr abgekühlt, seit er das Haus verlassen hatte um auf einer hessischen Fachhochschule zu studieren. Als er dann das Examen nicht bestand und in der Nähe von Köln bei einem großen Chemieunternehmen eine Stellung als Techniker fand, wurde das Verhältnis auch nicht besser. Er nimmt an, es liegt einzig und allein an ihm, weil es ihm schwer fällt offen auf andere Menschen zuzugehen und seiner Unfähigkeit, sie für sich einzunehmen. Was bei Fremden nicht funktioniert, wirkt sich auch bei den nächsten Verwandten letztlich genauso fatal aus. Seine Mutter und seine beiden Schwestern waren im Laufe der Jahre wie Fremde für ihn geworden. Sie unternahmen nichts dagegen und er auch nicht. Deshalb war er ziemlich verdattert als damals der Brief des Anwalts bei ihm eintraf, der sein Leben, wenn auch nicht gerade auf den Kopf stellte, so doch änderte. Er war die gröbsten Sorgen um sein Auskommen auf einen Schlag los. Konnte es sich leisten zu kündigen und war noch nicht einmal darauf angewiesen in absehbarer Zeit etwas Neues zu finden. In der jetzigen Zeit ein fast unbezahlbarer Luxus. Er blieb verschont von Bettelbriefen aus der Verwandtschaft und auch sonst bekam praktisch keiner mit, woher diese komfortable Lage herrührte. Er kann gut damit leben.

3. April 2007

Mark ist da. Katrin ist krank! Es ist genauso gekommen, wie es schon zwischen den Zeilen zu erkennen war. Hoffentlich ist es nichts Ernstes. Ehrensenf könnte mehr für seine Zuschauer und Fans tun. Es gibt echte PR-Defizite, denn die Information über die Hintergründe der Umbesetzungen und Vertretungen ist dürftig. Wie kürzlich geschehen: Außer einem Hinweis von Katrin während der Sendung, dass sie bei der Berlinale moderiert, gibt es nichts von Ehrensenf. Auch das würde wahrscheinlich unter den Tisch fallen, gäbe es nicht das Fernsehen und die Presse, die natürlich auf allen Kanälen die Popularität von Katrin auszuschlachten versucht. Menschen in den Medien sind doch dem Freiwild immer ziemlich nahe. Was man als Glotzer vor dem Bildschirm und Leser der verschiedenen Blätter, die beim Zahnarzt und Friseur rumliegen, nie so richtig und aus erster Hand erfährt, ist, ob das von den Prominenten mitgesteuert wird oder ob sie auch eher Opfer sind. Das ist ein Punkt, den er dann gerne mit Katrin erörtern möchte, wenn sie bei ihm wohnt. Sie ist immer so nett, dass er sich nicht vorstellen kann, keine vernünftigen Gespräche mit ihr führen zu können. Wenn alles so wird, wie er sich das ausgemalt hat, wird sie die Außenwelt überhaupt nicht vermissen. Sie hat ja alles was sie braucht und sollte etwas fehlen, ist er ja da, es ihr zu beschaffen oder zu ermöglichen. Es wird alles gut gehen und er freut sich schon darauf.

Seine Arbeiten laufen auf Hochtouren. Der Keller wird in einen Art Sauna verwandelt, nur dass dort keiner ins Schwitzen kommen soll, sondern leben. Und nicht irgend jemand, sondern Katrin. Seine Katrin! Sein neuester Plan sieht vor, Katrin nach Ostern, wenn sie dann hoffentlich wieder gesund ist, unter einem Vorwand in seinen Keller einzuladen. Bis dahin ist noch einiges zu tun. Weil Mark moderiert, hat er ein bisschen mehr Zeit, denn sehr oft an den Lippen von Mark zu hängen, braucht und will er sich nicht antun. Mark ist okay! Er ist sicher eine gute Wahl als Vertretungsmoderator, aber an Katrin kommt er nicht heran. Nicht, weil er ein Mann ist. Weil er einfach nicht die Vielfalt des Ausdrucks drauf hat wie

Katrin. Katrin kann ganz anders gucken, ganz anders lachen, ganz anders grinsen, ganz anders die Augen zukneifen. Einfach alles kann sie besser. Und Schwäbisch kann sie sicher auch sehr viel besser. Da ist sie unschlagbar und anderen Vertretungen, auch möglichen Nachfolgerinnen Lichtjahre voraus. Das sieht er ja nicht alleine so. Ein großer Teil der Forumteilnehmer sind seiner Meinung. Das ist ja gerade die Herausforderung für ihn, diese Vorzüge von Katrin ganz allein für sich zu haben. An ihren Lippen zu hängen und zu wissen, dass er der Einzige ist, für den sie das alles macht.

Während er zum Baumarkt fährt, während er auf den Gabelstapler mit dem Dämmmaterial wartet, während er in der Schlange an der Kasse steht, er denkt immer nur an Katrin. Nur an das Lächeln von Katrin.

Er achtet nicht auf die Kassiererinnen wie sonst. Schon beim Betreten eines Supermarktes, überhaupt bei einem Markt mit vielen Kassen, begutachtet er die einzelnen Kassiererinnen und ordnet sie gedanklich nach ihrem Aussehen. Nach dem Kauf stellt er sich in die Schlange, die zur hübschesten Kassendame führt. Warum soll er sich die Wartezeit nicht mit einem angenehmen Anblick versüßen? Dummerweise legen die Supermarktchefs, oder die, die für das Casting des Kassenpersonals zuständig sind, auf diesen Aspekt wenig Wert. Es gibt Supermärkte in der Nähe, an denen diese Auswahlmethode nicht anzuwenden ist. Da ist einfach in keiner

Schicht ein Lichtblick bei der Kassenbesatzung zu erkennen.

Die Räume im Keller sind fertig. Es sind zwei hintereinander angeordnete Räume, der eine ist groß genug, um einen Tisch, einen Schrank, ein Bett und einen Fernsehapparat unterzubringen. Einen Stuhl natürlich auch. Der zweite sollte ausreichen, das Equipment für die Aufnahmen unterzubringen und den Tisch vor einer Rückwand, die dem Hintergrund in Katrins Studio nachempfunden ist. Die Dämmung wird außen befestigt und dient der Schalldämmung, aber auch der Wärmedämmung, denn im Keller ist es doch recht kühl und auf den Einbau einer Heizung kann dann verzichtet werden. Hoffentlich friert Katrin nicht, besonders jetzt, wo sie doch schon wegen Krankheit fehlt und womöglich nicht in der Lage ist, ohne ärztlichen Beistand zu sein. Dieser Umstand macht ihm wirklich Sorge. Aber Karin ist doch noch jung, gerade mal 24, und eine kleine Erkältung wird sie wohl nicht total aus der Bahn werfen. Er besorgt sich deshalb zur Sicherheit einen kleinen Vorrat an Aspirin, Thomapyrin, Betaisodona, Halstabletten, Pflaster und Mullbinden. Diese Dinge kauft er in verschiedenen Apotheken und Drogerien im Umkreis ein. Kopfzerbrechen machen ihm die Dinge, die eine Frau so braucht. Er hofft, dass sich das dann im Ernstfall mit ihrer Hilfe kurzfristig lösen lässt.

3. April 2007 (Nacht)

Die Räume sind nun in Nachtarbeit im Rohbau bezugsfertig geworden. Es fehlt noch das Mobiliar. Zum Glück sind die Wände quasi komplett holzgetäfelt, denn nichts hasst er so sehr, wie Tapeten kleben und Malerarbeiten. Das ist ihm ein Gräuel. Das Hantieren mit den Farbtöpfen und den verschiedenen Pinseln. Die Entsorgung der Farbreste. Schrecklich! Von der letzten Streichorgie stehen immer noch die Eimer mit Farbresten im Schuppen, da die Sondermüllabgabetermine in Weilerswist nur sehr selten sind und grundsätzlich auf Tagen stattfinden, wo der Normalbürger, also auch Ralph Moeller, in Urlaub oder sonst wo ist.

Die Dämmung ist aufgebracht und das Ergebnis kann sich sehen lassen, obwohl hören lassen das bessere Wort dafür wäre, wenn es nicht das Gegenteil zu beurteilen gäbe. Man kann praktisch nichts mehr von der Autobahn mitkriegen. Vielleicht noch die Sirene der Feuerwehr oder einer Polizeistreife. Katrin wird, wenn sie nicht gerade fernsieht, hauptsächlich das Blut in ihren Adern rauschen hören. Zu große Stille kann auch auf das Gemüt schlagen, aber sie beide haben ja etwas zu tun, denn die Produktion eines speziellen Ehrensenf-Beitrags lenkt Katrin sicher genügend ab.

Als er am Vormittag die letzten Reste des übrig gebliebenen Dämmmaterials nach draußen schafft, läuft ihm eine attraktive Dame im gelben Anorak über den Weg.

Er ist ziemlich überrascht, denn Fremde, ganz besonders auch noch neugierige, kann er im Moment auf dem Hof nicht gebrauchen. Sie entschuldigt sich aber gleich und sagt, dass sie nach ihrem Hund sucht, der ihr wieder einmal entwischt ist. Sie hat einen Hund, den sie aus Griechenland mitgebracht hat und ihn somit, ihrer Meinung nach, dem sicheren Tod entrissen. Leider gehorcht er noch nicht richtig und immer wieder kommt sein Straßenköterverhalten zum Vorschein. Nach einer Weile, die sie nutzt, um ihn mit den näheren Umständen der Rettung ihres Hundes vertraut zu machen, erscheint der Hund wieder mit einen kleinen Ast im Maul, den er sich aus dem Holzvorrat gefischt hat. Sie trollen sich wieder, nicht ohne sich noch einmal wortreich zu entschuldigen. Hundebesitzer haben anscheinend keine Hemmung, wildfremde Menschen mit ihren Hundegeschichten zu überfallen. Da der Weg, der hinter seinem Haus ein großes Stück an seinem Grundstück entlang führt, kennt er viele dieser Storys. Mittlerweile teilt er die Hundebesitzer in verschiedene Kategorien ein.

Da sind einmal die Leute mit Hunden mit Migrantenhintergrund. Die Hunde kommen vom spanischen Festland, Mallorca, Ibiza und den Kanaren, Griechenland, Portugal, der Türkei, Marokko, Italien, aus den Staaten, die sich aus dem ehemaligen Jugoslawien gebildet haben und wer weiß woher noch. Alle haben ein schlimmes Schicksal hinter sich und ein schreckliches Ende vor sich. Zum Glück wurden sie gerettet, geimpft, entwurmt und endlich domestiziert, wie es sich für einen ordentlichen Hund eben so gehört. Er dankt es damit, dass er sein Fressen schön vertilgt, aber sonst wenig Anhänglichkeit zeigt und häufig auf Wanderschaft geht. In der Stadt ist er überhaupt nicht zu halten und deshalb sind die Felder an Erft und Swist die angesagtesten Reviere für Hund und Frauchen. Meistens, denn die Herrchen haben anscheinend anderes zu tun.

Eine andere Hundebesitzergruppe läuft hauptsächlich mit ihrem Hund an der Reißleine durch die Gegend. Der Hund schnüffelt sich durch die Landschaft und zieht seinen Anhang hinter sich her. Da dieser aber grundsätzlich in einer anderen Richtung unterwegs sein will, nimmt das Gezerre seinen vom Hund bestimmten Lauf.

Dann gibt es noch die Hundebesitzer mit den verschiedensten Kampfhunden. Das Spektrum reicht vom Kampfdackel bis zum Pitbull. Die Leine kurz und fest in der Faust, wird jedem Hundebesitzer schon von weitem zugebrüllt, den Hund doch gefälligst an die Leine zu nehmen, besonders, wenn es sich um einen Rüden handelt. Ein weites Feld für die Fernseh-Tier-Nanny Frau Geb-Mann und den Westentaschen-Freud für Mensch und Tier Rütter in Borr.

Hunde, die friedlich mit ihren Besitzern auf den Wegen spazieren und dezent ihre Geschäfte erledigen, Hunde, die keine Leine brauchen, keinen anderen Hund anfallen, sondern im Gegenteil, wirklich immer nur spielen wollen, sind absolut in der Minderzahl.

Kurzzeitig überlegt er, die Einfahrt vom Feldweg zu den ehemaligen Ställen mit einem Tor zu versehen, verwirft es aber sofort wieder, weil er dazu keine Zeit mehr hat. Er muss sich um die Möbel kümmern.

Zu IKEA geht er nicht, da das Aufbauen der Möbel immer zu viel Zeit kostet. Er fährt die umliegenden großen Möbelhäuser ab, die alle einen Markt für Schnäppchenware und Auslaufmodelle haben, die man schnell abtransportieren kann und nicht erst noch zusammenschrauben muss.

Ein kleines Sofa findet er in Kall, die Stühle auch. Einen Tisch holt er sich in Frechen und ein einfaches Bett mit Matratze in Marsdorf. Ein kleines Buchregal in Hürth. Die Tischlampe und eine Stehlampe holt er sich dann doch bei IKEA und bestückt sie dort auch gleich mit Energiesparlampen. Er glaubt zwar nicht so recht an die tolle Energiebilanz dieser Lampen aus China, aber im Fernsehen und in allen anderen Medien hört man jetzt sehr viel davon. Vielleicht bekommt er damit von Katrin einige Ökopunkte gutgeschrieben.

Insgesamt kann er mit sich sehr zufrieden sein. Katrins Wohnung ist eingerichtet. Perfekt wohl nicht, denn es passt nicht alles so gut zusammen, aber das ist ja auch kein Wunder. Er ist kein Innenarchitekt, das gilt auch für seine eigene Wohnung. Mit dieser Beschaffungsmethode und in dieser Eile, ist ja wohl kein so tolles Ergebnis wie von Tine Wittler zu erzielen. Ein dekoratives Bild kann er aber dennoch an die Wand hängen, das Mohnblumenbild nämlich, das im Krankenzimmer der Sachsenklinik in Leipzig hängt. Schade, dass er Schwester Arzu nicht verpflichten konnte. Katrin hätte sicher nichts gegen ein bisschen weibliche Gesellschaft einzuwenden. Arzu wäre aber, wie er stark vermutet, sowieso nicht von Dr. Brentanos Seite gewichen und ins Rheinland gezogen.

Es gibt noch einige Schwierigkeiten zu meistern. Die Sanitärfrage hat sich zu seiner Freude sehr schnell erledigt. In der hintersten Ecke des Kellers war, von ihm bisher unbemerkt, ein Anschluss für ein Waschbecken vorgesehen und sogar eine Toilette war anscheinend früher einmal angedacht, für was auch immer. Nachdem die Becken aus dem Baumarkt in Brühl angeschraubt waren, konnte er sich endlich zurücklehnen. Vorher hat er noch die Tür zu dem mittlerweile recht komfortabel gewordenen unterirdischen Verlies mit einem soliden Riegel und einem ordentlichen Schloss versehen.

In Gedanken hakt er seine To-do-Liste ab:
Studio und Wohnraum gedämmt und verriegelt
Wohnraum möbliert und eingerichtet
Waschgelegenheit und Sanitäranlage installiert
Beleuchtung angeschlossen

Fernsehapparat mit Satellitenschüssel verbunden, empfangsbereit

Hintergrund für die Sendung zugeschnitten und Grün und Blau gestrichen

Er kann richtig stolz auf sich sein. Alles in sehr kurzer Zeit beschafft, eingebaut und funktionsbereit. Dafür hat er auch praktisch Tag und Nacht gearbeitet. Zum Glück war Katrin in den letzten Tagen auch vom Bildschirm verschwunden, wenn sie vielleicht auch krank im Bett lag. So richtig kann er sich nicht vorstellen, dass seine Katrin, dieses lebendige und vitale Wesen, krank im Bett liegt. Womöglich mit Fieber, ohne richtige Betreuung und abgeschnitten von der Welt. Zur Entspannung sieht er sich alte Beiträge aus dem Archiv an und die Mitschnitte aus den verschiedenen Fernsehauftritten in der letzten Zeit. Seltsamerweise kommt sie ihm im Studio sitzend wesentlich authentischer vor als in den Sendungen im Fernsehen. Sie scheint erst richtig zu leben und in ihrem Element zu sein, wenn sie sich im Internet zeigt. Das ist dann die wirkliche Katrin. In den Talk-Shows ist sozusagen nur das medientaugliche Abbild von Katrin zu sehen.

Vordringlich muss er jetzt den letzten Schritt bedenken, planen und durchführen. Er muss Katrin dazu bringen, ihm in den Keller zu folgen. Echte Gewalt wird er auf keinen Fall anwenden, trotzdem muss er sich Gedanken darüber machen, bis zu welchem Grad er dann doch massiv werden will, um sein Vorhaben erfolgreich zu Ende zu bringen.

In den vielen Tatorten und der entsprechenden Literatur wird meist Äther oder Chloroform eingesetzt. Das scheint ihm relativ gewaltlos zu sein. In den Romanen wie "Der Freisteller" und "Das goldene Ei" wird aber wenig über die Beschaffung dieser Chemikalien mitgeteilt. Auch über die richtige Dosierung und wie lange die Wirkung anhält, bleibt alles im Dunkel. Da machen sich die Schreiber dieser Geschichten nicht gar zu viele Gedanken und die Leser müssen sich im Ernstfall selbst die Informationen beschaffen. Aber in Wikipedia findet er relativ schnell einen interessanten Hinweis. Ein paar Tropfen auf ein Tuch, wie es in Fernseh- und Kinofilmen häufig zu sehen ist, bleiben ohne echte Wirkung. Erst ein Taschentuch, ganz in Chloroform getaucht, kann einen Menschen für längere Zeit außer Gefecht setzen. Die Liste der Nebenwirkungen ist aber ziemlich lang. Er will es, wenn irgend möglich, nur im äußersten Notfall einsetzen. Die Beschaffung ist noch unklar, aber als Lösungsmittel ist es vielleicht unter seiner chemischen Bezeichnung Trichlormethan im so genannten Fachhandel zu kriegen. Dann fällt ihm noch ein ehemaliger Kollege ein, der in einem Chemielabor arbeitet. Aus seiner aktiven Berufszeit weiß er, dass solche privaten Anfragen unter Kollegen in aller Regel vorrangig behandelt werden. Wenn auch die dienstlichen Berührungspunkte minimal sind, Wünsche von Kollegen, er hofft, dass es auch noch für Ex-Kollegen gilt, werden in den meisten Fällen ohne viel zu fragen, erfüllt. Alle wollen sich anscheinend als die tollen Hechte darstellen, denen nichts unmöglich ist. Hin und wieder wird man dafür irgendwann einmal eine Gegenleistung bringen müssen, aber genau Buch geführt wird darüber sicher nicht. Das ist also dann auch kein Problem. Ein kurzer Besuch in seiner alten Firma ist schnell arrangiert. Ein paar technische Fragen zur Renovierung und dem richtigen Vorgehen bei einem schwierigen Anstrich in einem alten Gebäude fördert die Hilfsbereitschaft in dem Kollegen zu Tage und ein 500 ml-Gefäß mit dem begehrten Trichlormethan wechselt den Besitzer. Natürlich begleitet mit guten Ratschlägen zur Dosierung und auch den möglichen Nebenwirkung bei unsachgemäßer Benutzung. Bei diesen Gelegenheiten kommt dann gern voll der Fachmann durch und ein paar anerkennende Worte pinseln den Bauch des Ex-Kollegen.

Auf diese Weise wird ein heikles Kapitel der Aktion einen Schritt weiter voran gebracht.

4. April 2007

Bisher hat Ralph Moeller sich nur im Internet für seine Katrin interessiert. Bis auf den einen Ausflug in die Antwerpenerstraße hat er die lebendige, echte Katrin noch nie wirklich mit eigenen Augen gesehen. Das muss jetzt anders werden. In einer Talk-Show hat er erfahren, dass Katrin in Bonn-Beuel wohnt. In einer Reportage über Katrin, den aufgehenden Star und Grimme-Preisträgerin, war kurz das Klingelschild ihrer Wohnung zu sehen. Zum Glück stand nicht nur ihr Name da, sondern auch noch drei andere Namen. Wahrscheinlich wohnt sie noch in einer Studenten-WG. Nach aufwendigen Aktionen mit dem Player, einem Grafik-Programm und flinken Fingern beim Stoppen des Filmchens am PC, kann er die Namen entziffern. Es wohnen noch Horst, Stoffe und Aldermann im gleichen Stockwerk oder sogar vermutlich in der Wohngemeinschaft. Mit Hilfe der tollen Suchmöglichkeit einer Telefon-CD und dem zugehörigen Routenplaner kann er die Adresse feststellen. Für alle drei Mitbewohner kann er die gleiche Straße und Hausnummer ermitteln, also der klassische Volltreffer. Mit dem Routenplaner wird schnell der Weg zu ihrer Wohnung ausgedruckt und eine Ermittlung vor Ort durchgeführt. Er leiht sich dazu den Hund von dem ehemaligen Arbeitskollegen aus und erforscht die Gegend. Aus der Erfahrung früherer Spaziergänge mit Hund weiß er, dass die Aufmerksamkeit von Nachbarn und anderen Mitbürgern ganz auf den Hund konzentriert ist. Der Besitzer ist in diesen Fällen Nebensache. Außerdem hat jemand mit einem Hund grundsätzlich nichts Böses im Schild. Es gibt so gut wie kein Fernsehkrimi, wo der Täter mit einem Hund sein Opfer belauert. Ganz im Gegenteil, Filme, in denen ein Hund den Täter dingfest macht oder wenigstens die Verfolger auf ihn aufmerksam macht sind Legion. Solche haben sogar eigene Fernsehserien. Das positive Image von Hunden kann Ralph Moeller ja auch einmal für sich nutzen.

Ihre Wohnung liegt in einer breiten Straße mit Mehrfamilienhäusern, die etwas abseits liegen und zu denen kleine Stichstraßen mit Wendeplätzen führen. Es ist eine ruhige Gegend mit wenig Passanten. Wer dort nicht wohnt, benutzt auch den Bürgersteig nicht. Es sei denn, ein Besucher geht vom Parkplatz zu der jeweiligen Wohnung oder kommt von der Bushaltestelle. Geschäfte gibt es nicht, also auch keine Hausfrauen, die zu Fuß vom Einkauf kommen. Eigentlich ideal für sein Vorhaben. So kurz vor Ostern wird aber Katrin bei ihren Eltern sein und dort ihre Krankheit auskurieren. Am Mittwoch nach Ostern ist noch keine Sendung, also muss sie spätestens am Dienstagabend wieder auftauchen. So lange hat er noch Zeit sich einen Grund zu überlegen, mit dem er sie dazu überreden kann, mit ihm zu ihrem zukünftigen "Ferienhaus" zu fahren.

Sie ist eine clevere junge Frau und wird sich nicht gerade arglos zum Eisessen einladen lassen. Da muss er sich schon etwas Besseres einfallen lassen. Ein Angebot, das sie nicht ausschlagen kann, wie es im Paten heißt. In den einschlägigen Fernsehkrimis funktioniert das auch meistens, weil ja da der Drehbuchautor das Sagen hat und nicht das Leben, obwohl das für ihn immer mehr ineinander überzugehen scheint, das Leben im Fernsehapparat und das wahre Leben. Alle Medien arbeiten ja auch an der immer stärkeren Durchdringung dieser beiden Daseinsformen. Die Kino- und Fernsehstars erscheinen in der Tagespresse, in den Talkshows auf allen Kanälen, in Expertenrunden sind sie genauso zu Hause, wie bei Beckmann, Kerner und Backes. Immer haben sie scheinbar etwas zu sagen, werden gefragt und geben auch gern zu allen Fachgebieten ihren Senf dazu, wenn sie auch nur durch ihre Rollen mit dem Thema in Berührung gekommen sind. Das ist schon toll und manchmal erkennt er auch diese Zusammenhänge. Aber all das ist vollständig vergessen und in die hinterste Hirnregion verbannt, wenn er Katrin auf dem Bildschirm sieht, in der vertrauten Studioumgebung bei Ehrensenf. Dann hat er nur Augen für sie und kann sich maßlos ärgern, wenn Leute im Forum etwas an seiner Katrin auszusetzen haben und so weit gehen, sogar ihre Ablösung durch Beate, Sarah oder gar Mark mit K zu fordern. Noch ärgerlicher wird er jedoch, wenn sie Katrin zu sehr verehren. Dann kommen ihm sofort Rachegedanken, die er ja auch durchaus in die Tat umsetzen kann. Der Bursche in Ahrweiler, der immer noch im Krankenhaus liegen soll und dessen Fall anscheinend immer noch nicht gelöst ist. Die Idee, dass es sich um einen militanten Rauchergegner handeln könnte, ist mittlerweile offenbar etwas in den Hintergrund getreten, weil es keine weiteren Angriffe gegeben hat. Auf jeden Fall ist die Presse über diese äußerst rätselhafte Tat ziemlich schnell hinweggegangen und hat sich anderen Themen zugewandt. Es gibt ja auch Schlimmeres, das sich besser vermarkten lässt. Zum Beispiel der Bauer, der einen toten Knecht an die Schweine verfüttert haben soll, um dessen Rente zu kassieren und außerdem noch seinen Vater und vielleicht auch seine Mutter umgebracht hat. Das ist der Stoff aus dem Fernseh-Tatorte gestrickt werden!

Er wird als Frank Walter auftreten und Mitarbeiter einer Casting-Agentur sein. Das ist das Feld auf dem sich Katrin im Moment höchstwahrscheinlich bewegt. Sie wird hauptsächlich daran denken, in anderen Medienbereichen Fuß zu fassen. Im Internet ist sie schon eine Größe, im Fernsehen, oder vielleicht sagt man in diesen Kreisen doch eher TV, geht es langsam mit ihr aufwärts. Dass sie im Technikbereich bei einer Zeitschrift landen will, kann er sich nicht vorstellen.

Da muss ihm also noch die zündende Idee kommen. Er denkt, ein ganz neues innovatives Format für das ZDF könnte sie stark interessieren und sie dazu bewegen, in sein Auto einzusteigen. Noch schwieriger kommt ihm vor, sie dann ohne Gewalt in sein Kellerverlies zu locken.

Ein einprägsames Erlebnis mit einem Keller hatte er in seiner Studentenzeit an der Fachhochschule Gießen-Friedberg. Ein ehemaliger Klassenkamerad, der schon in der Schulzeit ein Jazz-Fan war, kam auf die glorreiche Idee, in Friedberg einen Jazz-Keller aufzumachen. Dazu hatte er in einem Haus einen Keller gemietet, der nur von der Außenseite des Gebäudes her zugänglich war. Während des Krieges war es vielleicht ein Luftschutzraum gewesen. In den folgenden Jahren stand er ungenutzt leer und gammelte vor sich hin. Der Zugang erfolgte nur über eine Leiter in einen kleinen Garten und von dort in einem Niedergang nach unten. Als Treppe hatte Louis, so hieß der Klassenkamerad mit seinem Spitznamen, abgeleitet von Louis Armstrong, eine ziemlich primitive Holzkonstruktion eingebaut. Das Ganze nannte sich Barbarossa-Keller, ein Name den Ralph Moeller beigesteuert hatte. Beleuchtet wurde hauptsächlich mit Kerzen, obwohl es auch Strom gab. Wasser war auch vorhanden, trotzdem stellte nur ein Eimer in einem Verschlag die ganze Sanitäreinrichtung dar. Der Clou war ein Klavier, das Louis irgendwie in den Keller geschafft hatte. Das Problem war dann aber der Klavierstimmer, der über die abenteuerliche Treppe nach unten gebracht werden musste, dies aber erst beharrlich verweigerte. Nur langes gutes Zureden und eine Honoraraufstockung hatte ihn dann überzeugt, den Job anzunehmen und nach unten zu klettern und das Klavier zu stimmen. Die Stimmerei dauerte ziemlich lange und Ralph werkelte in einem hinteren Bereich des Kellers an einer elektrischen Kaffeemaschine. Louis holte dann den Klavierstimmer ab, der Ralphs Anwesenheit schlicht vergessen hatte, schloss ab und Ralph Moeller verbrachte eine ungemütliche Nacht im dunklen und feuchten Keller, an die er noch lange dachte, aber es war keine schöne Erinnerung. Das Klavier war danach zwar gestimmt, oft wurde es jedoch nicht mehr gebraucht, denn nach drei Wochen hatte das Ordnungsamt oder eine andere Behörde die so genannte Jazz-Spelunke geschlossen, nicht ohne dass in dem Lokalblatt ein Bericht über dieses skandalöse Etablissement erschien. Die Nachbarn hatten anscheinend dafür gesorgt, dass die Behörden davon erfuhren. An den Wochenenden, an denen der Keller abends geöffnet war und Scharen von Jazz-Fans anlockten, taten sich in dem kleinen Vorgarten und unter ihren Füßen Dinge, die ihnen nicht geheuer waren. Außerdem war ihnen der Autopark mit auswärtigen Nummern, der sich in ihrer ruhigen Straße ausbreitete, ziemlich suspekt. Da die Besucher hauptsächlich Studenten der FH aus ganz Deutschland waren, gab es natürlich auch entsprechende Kennzeichen. Kurzum, der Keller wurde dichtgemacht und von Louis hat Ralph seitdem nichts mehr gehört. Kellerräume waren bei ihm jedenfalls seit dieser Zeit ziemlich negativ belegt.

Eine Katrin, die sich wehrt in den Container in seinem Keller zu gehen, will er weder sich noch ihr zumuten. Bis Dienstag nach Ostern muss ihm etwas dazu einfallen.

Da Katrin krank ist und er annimmt, dass sie sich über Ostern bei ihren Eltern aufhält, wird er sie erst wieder am Dienstag, bevor sie sich aufmacht in Köln einen Spot zu drehen, zu Gesicht bekommen und muss dann seine Chance, sie zu sich zu locken, auch direkt umsetzen. Einen besseren Zeitpunkt gibt es nicht.

5. April 2007

Die ganze Nacht hat er darüber gegrübelt, unter welchem Vorwand sie sich am Besten in seinen Wagen locken lassen könnte. Er will einen Audi oder Mercedes leihen, denn mit seinem Kombi kann er keinen Staat machen und ein solcher Wagen würde auch ihm an Katrins Stelle kein Vertrauen einflößen.

Die ganze Aktion fängt mit der Ansprache an. Auch da kämpft er mit starken Defiziten. Seit der Trennung von seiner Frau hat er mit Partnerinnen keine neuen Erfahrungen machen können und auch nicht machen wollen. Der einseitige Internet-Kontakt zu Katrin war ihm Ersatz für weibliche Gesellschaft genug.

Auf der Urlaubsreise in den Südwesten der USA hatte er alle Illusionen von einer schönen und lebenslangen Partnerschaft verloren. Eigentlich ist er nicht der Draufgänger-Typ, der auf Abenteuerurlaub steht. Aber kurz nach der Studienzeit, hauptsächlich um die Niederlage zu verarbeiten ohne bestandenes Examen auch kein Diplom zu haben, war er in die USA geflogen und hatte sich drei Wochen im Westen auf den ausgetretenen Pfaden der europäischen Touristen bewegt. San Francisco, Las Vegas, Grand Canyon, Arches, Bryce Canyon, Death Valley, Yosemite, Los Angeles und zurück. Alles in drei Wochen und peinlich genau an den Vorgaben eines einschlägigen Reisemagazins im deutschen Fernsehen orientiert. Die verschiedenen Natur-Attraktionen hatten bei ihm einen großen Eindruck hinterlassen und es hatte ihn Jahre gekostet, seine Frau so weit zu bringen, einen 6-wöchigen Urlaub in den Vereinigten Staaten zu machen. Ihm schwebte dazu eine Rundfahrt mit dem Mobilhome vor. Sie lehnte es kategorisch ab, mit einem der dort üblichen RVs durch die Nationalparks zu touren, ließ sich dann aber zu einer Fahrt mit dem PKW überreden. Ihre Bereitschaft erlosch fast wieder nach dem 11. September 2001, aber im August 2002 hatte er sie dann endlich überredet. Überzeugt war sie deshalb immer noch nicht. Vielleicht willigte sie auch ein, weil er so hartnäckig an dieser Idee festhielt, und sie ahnte, dass er nie aufgab ein einmal angefangenes Unternehmen zu stoppen.

Sie starteten in Las Vegas und wählten die Route über den Zion Nationalpark, Bryce Canyon, Grand Staircase Escalante, Capitol Reef, Arches nach Moab. Die Nationalparks waren einfach überwältigend. Soviel großartige Natur gibt es selten in dieser Fülle und Verschiedenheit, und alles in einem einzigen Staat, in Utah, dem Mormonenstaat. Mit dem Golden Eagle hatten sie Zutritt zu allen Parks und konnten wandern, klettern und einfach nur schauen. Im Zion machten sie sich schon in der Frühe an den schweißtreibenden Aufstieg zum Gipfel von Angel's Landing, einem roten Felsen, von dem man einen sagenhaften Blick ins Tal des Virgin River hat. Sie wanderten durch die Narrows, einer Klamm, die sich der Virgin River in den Fels geschnitten hat, in der man meilenweit in knöcheltiefem Wasser waten muss, weil es keinen anderen Weg gibt. Im Bryce Canyon staunten sie über die eigenwilligen und bizarren Felsformationen, die sie morgens und gegen Abend durchwanderten, weil dann das Licht zum Fotografieren einfach ideal ist. Am Endpunkt der Nationalparkkette liegt der Arches Nationalpark mit seinen steinernen Brücken und Steinmonumenten. Eindrucksvoll, gigantisch, großartig, es gibt kaum Worte genug um diese Naturwunder treffend zu beschreiben. In dieser Landschaft kann man die Amerikaner, die ihre Nation über alles stellen, fast verstehen.

In Moab gaben sie den Wagen ab und fuhren mit dem Schlauchboot von Moab in Utah auf dem Colorado River nach Page in Arizona. Die Fahrt dauerte 4 Tage und war der bisherige Höhepunkt ihrer Reise. Sie waren zu fünft in dem Schlauchboot und konnten sich kaum entscheiden, ob sie sich dem Fluss zuwenden oder lieber den Blick hoch hinauf zum Rand des Canyons genießen sollten. Es war beides atemberaubend. Hin und wieder mussten sie paddeln, obwohl es nicht so genau auszumachen war, ob sie wirklich dabei etwas tun konnten oder ob es einfach zur Show gehörte. Immerhin war man ja in Amerika und da ist vieles nur Show. Aber, das muss man ihnen lassen, immer klasse gemacht. Die Guides und Ranger waren durchweg wirklich Profis und vermittelten einem immer das Gefühl, mit echten und wahrhaftigen Besitzern of God's own country unterwegs zu sein. In Page angekommen, hatten sie einfach noch nicht genug und auch noch ein paar Tage Zeit bis zum Rückflug. Kurzentschlossen buchten sie eine weitere Rafting Tour auf dem Colorado bis zum Grand Canyon, genauer gesagt, bis in das Reservat der Havasupai-Indianer, die schon seit Jahrhunderten im Grand Canyon lebten und denen das Land auch heute noch zum Teil gehört. Für das Paar Ralph und Bettina Moeller nahm damit das klassische Drama seinen Lauf.

Während er bei dem Ritt auf den grünen Fluten des Colorado mit seinen Stromschnellen nur Blick für die Felsen rechts und links hatte, deren Farben sich im Laufe des Tages mehrmals änderten, alle Schattierungen von Gelb, Rosa, Braun, Rot bis bläulich in der A-benddämmerung waren möglich, hatte sie nur Blicke für Timothy Cash, please-call-me-Tim, den Bootsführer.

Zugegeben, ein Kerl, wie direkt von der Leinwand eines Western ins Boot gesprungen. Sie hing während der ganzen Fahrt an seinen Lippen, konnte ihn in den Pausen nicht aus den Augen lassen und stellte unablässig Fragen, die er schon mehrmals beantwortet hatte. Die anderen Frauen, sie waren insgesamt drei Paare an Bord, kamen überhaupt nicht zum Zug. Wahrscheinlich war er solche anhimmelnden Europäerinnen gewöhnt und blieb am Tag sehr neutral. Am Abend in der Phantom Ranch war es mit seiner Reserve aber zu Ende. Am Grill saß er schon neben ihr und als Ralph Moeller todmüde ins Bett fiel, wurde sie vermutlich noch ganz munter. Jedenfalls kam sie um fünf Uhr total verschwitzt ins Zimmer und musste erst einmal ausgiebig duschen. Beim Frühstück wechselte sie Blicke mit Timmy, wie er jetzt bei ihr hieß, die alles sagten. Bis ins Havasupai-Reservat wechselte sie mit Ralph kein Wort mehr und am letzten Abend war sie bereits um neun Uhr verschwunden. Die Flussfahrt war offiziell beendet und auch Tim Cash brauchte keine Rücksicht mehr auf die Kundschaft zu nehmen. Bis zum Abtransport mit dem Helikopter zum Airport von Grand Canyon Village und Weiterflug nach Las Vegas sprachen Ralph und seine Frau Bettina keine zehn Worte miteinander. Er war sprachlos vor Wut. Allerdings fraß sie nur in seinem Innern. Nach Außen war wenig zu merken. Er handelte wie ein Automat und verbrachte die Tage in Las Vegas, ganz entgegen seiner Natur, vor den einarmigen Banditen in den Casinos. Entsprechend dem geflügelten Wort vom Pech in der Liebe, hatte er Glück und gewann einmal 2676 Dollar in drei Stunden. Er mietete sich einen Chevrolet und fuhr alleine ins Death Valley, was seinem derzeitigen Gemütszustand sehr entgegen kam.

In der letzten Nacht fand seine Frau wieder in sein Bett. Allerdings war es kein Versuch, wieder etwas in ihrer Beziehung zu kitten, eher hatte er den Eindruck, Bettina wollte in dieser Nacht mit ihm ihre Entzugserscheinungen bekämpfen.

Seine Ehe war gelaufen. Er machte sich keine Illusionen. Alle Gespräche würden nichts mehr ändern. Für sie war er fortan Luft und sie letztlich für ihn auch. Sicher war nur eins, der erste Weg zu Hause würde ihn zum Anwalt führen. Es gab keine Schwierigkeiten. Kinder hatten sie nicht und die Ehe wurde deshalb sehr schnell und ohne finanzielle Querelen abgewickelt. Bettina war noch in der ersten Woche nach dem Urlaub ausgezogen und ein halbes Jahr später soll sie in die USA gereist sein. Danach gab es keine Kontakte mehr zwischen ihnen. Dieses Kapitel war beendet, hatte ihn aber beschädigt. Er zog sich in sein Schneckenhaus zurück und darin war er immer noch.

Die folgenden Ereignisse hinterließen emotional kaum Spuren, nur dass sie seine beruflichen und finanziellen Verhältnisse zum eindeutig Besseren wandelten.

Seine gesellschaftlichen Kontakte froren ein und er konzentrierte sich ganz auf Katrin. Er hörte Musik und ging ins Kino, aber das brachte ihm keine Kontakte, besonders nicht zu Frauen. War er früher ein Freund der Countrymusik, und da gab es immer auch Johnny Cash, so konnte ihn nach der Sache auf dem Colorado kein Westernlied mehr begeistern. Der Name Johnny Cash, sogar der Ausdruck cash war und ist auch noch heute für ihn problematisch, erinnert er ihn doch direkt an ein Ereignis, das er lieber für immer vergessen wollte. Mit Timothys in Büchern und Filmen ist es das Gleiche. Die Bücher liest er nicht weiter und in die Filme geht er erst gar nicht, wenn einer der Hauptakteure diesen Namen trägt.

Sein Musikgeschmack hat sich deshalb total gewandelt und er hört jetzt lieber die Lieder von Eva Cassidy, Norah Jones, Katie Melua und besonders gern Sophie Zelmani, eine Schwedin. Alle, bis auf Cassidy, vom Typ Katrin. Dunkelhaarige Frauen mit großer Ausstrahlung. Er besuchte ein Konzert von Sophie Zelmani in Köln. Jedes Mal, wenn er ihr Going home hört, überläuft ihn ein Gänsehautschauer. Kontakte in die wirkliche Welt sind selten und beschränken sich auf das Nötigste. Friseur und Restaurants. Das meiste kann er per Internet erledigen. Musik kauft er bei iTunes, Bücher bei amazon, die Telefonrechnung kommt online und seine Bankmitteilungen ebenfalls. Die Bank ist im Ausland und für Zusendungen von gekauften Büchern benutzt er die Packstationen, die es mittlerweile für die shoppenden Internet-User gibt. Das alles reduziert seine persönlichen Außenkontakte auf das absolute Minimum. Natürlich geht er in Cafés, Restaurants und Kinos. Aber dort fällt er in der anonymen Masse nicht auf. Die Cafés haben sich in den letzten zwei Jahren unverhältnismäßig vermehrt. Der Brühler Marktplatz zum Beispiel, wirkt wie ein einziges gigantisches Café. Die mit Tischen und Stühlen bestückten Außenbereiche sind mittlerweile flächendeckend. Es scheint so, als ob die Kaffeehäuser die ersten Nutznießer und Gewinner des globalen Klimawandels sind. Die Außenbereiche werden immer größer. Die Stühle und Tische stehen praktisch das ganze Jahr draußen und werden auch genutzt. Ist es kalt, wird eben ein Gasstrahler aufgestellt. Die aktuelle Jagd auf die letzten Raucher tut ein Übriges. Die Flucht nach draußen ist ihre letzte Möglichkeit, denn immer mehr Restaurants, Kneipen und Cafés sind im Innern rauchfrei. Auch der Umgangston hat sich dort geändert. Es scheint ihm seit der Fußballweltmeisterschaft leichter zu sein, mit anderen Gästen, männlich oder weiblich, Kontakt aufzunehmen. Er ist immer verwundert, mit welchen persönlichen und fast schon intimen Einzelheiten diese flüchtigen Bekanntschaften für die Zeit eines Kaffees aufwarten. Vor kurzem hat ihm eine junge Frau erzählt, dass ihr Freund sich um ihr Pferd kümmert, weil sie nach einer gerade erfolgten Gebärmutterentfernung nicht schwer tragen kann. Dieses Verhalten ist neu und wird ihm hoffentlich auch bei seinem Kontakt mit Katrin helfen.

Die meiste Zeit verbringt er jedoch an seinem Computer. Er hat jetzt mehrere, die miteinander vernetzt sind. Mit einem kommuniziert er mit der Welt, über DSL per Internet und e-Mail und mit ISDN für Telefon und Fax. Der andere ist für die Bildbearbeitung und Musikspeicherung zuständig. Seine Digitalkamera trägt er immer bei sich und sein Bildarchiv wächst stetig. Es gibt Landschaften, Bauwerke, Bäume, Gärten und Straßenansichten, Personen sieht man selten auf seinen Bildern. Sind Menschen, die durchs Bild laufen, nicht zu vermeiden, macht er mehrere Bilder vom gleichen Motiv und entfernt die Personen dann aus dem Bild.

Die Seite, mit dem höchsten Beachtungswert ist www.ehrensenf.de mit Katrin. Jedes Lächeln wird registriert, kein Mundwinkelzucken entgeht ihm und besonders begeistert ist er von ihrer unnachahmlichen Art die Brauen hochziehen. Und zwar nur eine einzige. Er hat sich schon minutenlang vor den Spiegel gestellt und versucht, das nachzuahmen. Es gelingt ihm nicht. Einzig das Bewegen der Ohren beherrscht er jetzt, aber das ist nur ein Nebeneffekt seiner Übungen.

Der Leberfleck auf ihrer rechten Seite hat es ihm besonders angetan. Wenn er im Forum liest, gibt es auch noch andere Katrinverehrer, die sich für diesen Leberfleck begeistern.

Aber das wird ja hoffentlich bald ein Ende haben. Er hat ihn schon so gut es ging ausgemessen. Er liegt ca. 1,2 cm rechts neben dem Nasenflügel und ca. 1,7 cm senkrecht über dem rechten Mundwinkel. Er freut sich schon darauf, das demnächst am Original nachprüfen zu können und seine bloßen Mutmaßungen durch genaue Messungen zu ersetzen.

Den späten Abend vertreibt er sich noch auf das Angenehmste mit Katrin aus dem Archiv und einer Flasche Trollinger. Angeregt fällt er kurz nach Mitternacht ins Bett.

6. April 2007

Er sitzt in einem großen roten Schlauchboot am Heck und paddelt wild in einem grünen Fluss. Schwitzend versucht er das Boot auf Kurs zu halten und den Stromschnellen auszuweichen. Vor ihm vier junge dunkelhaarige Frauen in schwarzen T-Shirts, die eine Blondine begleiten. Auf der Steuerbordseite ist auch Katrin mit einem Saxophon dabei. Der Himmel ist blau und wolkenlos. Sie fahren zwischen roten Felswänden, die steil aufragen. Unschwer ist zu erkennen, man befindet sich im Grand Canyon. Die Blondine, die im Bug sitzt, muss Eva Cassidy sein, denn sie singt, begleitet von Katie Melua, Sophie Zelmani und Norah Jones das Lied vom Songbird. Katrin spielt Saxophon und Gitarren erklingen   von den umliegenden Bergen. Ein Kanu kommt ihnen entgegen. Ronald Dreistern paddelt mit blutigem Hemd und Winnetou steht hinter ihm. Er hält die Silberbüchse im Arm und schaut äußerst edelmutig in die Ferne. Kaum ist das Kanu verschwunden, geraten sie gefährlich ins Trudeln. Er müht sich mit dem Paddel ab, aber das Boot knallt mittschiffs gegen einen Felsen. Kurz bevor das Boot kentert, kommt Randy Crawford aus dem Schaum und bringt das Schiff wieder in die ruhige Flussmitte. Rechts erscheint jetzt der Dead Horse Point und die Ehrensenf-Flagge flattert hoch droben an einem Mast im Wind. Sie treiben, das ganze Tal erfüllt vom Gesang, den Colorado entlang, als in gestrecktem Galopp ein Reiter am Ufer auftaucht. Er zwingt seinen ungesattelten Mustang ins Wasser, schnappt sich Eva Cassidy, wirft sie vor sich auf das Pferd und galoppiert durch das flache Wasser Richtung Ufer. Der Reiter wedelt mit seinem Hut und er erkennt Johnny Cash. Unter dem ohrenbetäubenden Klang einer Polizeisirene sitzen sie dann auf einen Sandbank fest und er erwacht. Total aufgewühlt versucht er sich zu orientieren und erkennt, dass er sich in seinem Bett befindet, nassgeschwitzt ist und in der Ferne hört er die Sirene langsam verklingen. Es ist halb sieben und er weiß, er muss am Samstag unbedingt noch ein Saxophon besorgen, damit Katrin ungestört ihrem Hobby nachgehen kann.

Dass nach langer Zeit wieder eine Frau bei ihm wohnen wird, hat ihn doch ganz schön durcheinandergebracht. Mehr als er sich selbst zugestanden hat. Der Traum war ihm deutlich im Gedächtnis geblieben und wieder einmal hatte er, wie so oft, das Gefühl, alles wirklich so erlebt zu haben. Gern erzählt er, wenn es um Träume geht, die Geschichte von dem gelähmten Dackel, die er einmal erlebt oder geträumt hat, so genau kann er das nicht mehr auseinanderhalten. Ein Ehepaar geht auf einem Parkweg und zieht einen Dackel hinter sich her, dessen offenbar gelähmte Hinterbeine steif auf einem Rollbrett stehen. Traum oder echtes Erlebnis, er kann es nicht sagen. Er sieht das Bild aber vor seinem geistigen Auge, als wäre es erst vor einer Stunde gewesen. Seine Träume waren selten wild mit viel Action, sondern eher moderate Alltagsgeschichten. Ein Spiegelbild seines sehr gemäßigten Lebens.

Bettina Peeper, seine spätere Frau, jetzige Ex-Frau, hat er auf einem Polterabend im Emsland kennen gelernt. Eine Ex-Kollegin von ihm hatte dort geheiratet und ihre Arbeitskollegen eingeladen. Er war mitgefahren, weil er an diesem Wochenende nichts Besseres zu tun hatte. Die Bekannten der jungen zurückhaltenden Frau, hübsch und norddeutsch blond mit einer Model-Figur, waren nach einer Stunde nicht mehr ansprechbar. Sie saß im Hintergrund und keiner beachtete sie, was sehr erstaunlich war. Er setzte sich zu ihr, weil er sich als

Rheinländer unter all diesen Friesen ebenfalls etwas deplaziert vorkam. Man kam ins Gespräch, duzte sich bald und tauschte Adressen und Telefonnummern aus. Das Getümmel des Polterabends versank im Hintergrund und sie waren ganz erstaunt, als auf einmal zum Frühstück gerufen wurde.

Sie riefen sich auch in der Folgezeit oft an und als sie als Hotelfachfrau in ein Hotel nach Köln kam, lag es auf der Hand, dass sie sich näher kamen. Bald heirateten sie und ihr gemeinsames Leben blieb so ruhig wie es angefangen hatte. Sie kümmerten sich um ihr berufliches Fortkommen und lebten völlig normal und ohne größere Höhen und Tiefen ihr Leben. Sie blieben in allem im Klischee einer deutschen Kleinfamilie, er bestimmte wohin sie in Urlaub fuhren, welches Auto sie sich anschafften und ob sie eine Geschirrspülmaschine brauchten oder nicht. Sie durfte ebenfalls Vorschläge machen und Anregungen geben, aber das letzte Wort hatte er, obwohl seine Frau praktisch genau so viel verdiente, wie er.

Das Idyll fand auf dem Colorado sein jähes Ende.

Wenn er in einer stillen Stunde ganz genau in sich hineinhörte, dann empfand er eine tiefe Trauer, dass er es nicht geschafft hatte, seiner Frau das Leben zu bieten, bei dem es ihr nicht schwer gefallen wäre bei ihm zu bleiben und gab sich selbst mehr Schuld an dem Scheitern ihrer Beziehung, als ihr. Er vermisste weniger das weibliche Wesen an seiner Seite, als vielmehr den Kontrollverlust über den Menschen in seinem Einflussbereich.

Er konzentrierte sich immer mehr auf andere Frauen, bei denen diese Möglichkeit des Verlusts überhaupt nicht vorkommen konnte. Das waren die Sängerinnen von Blues und Jazzliedern die er fast schon verehren konnte und die ihm nicht überraschend weglaufen konnten. Ob er sie mochte oder nicht, entschied allein er. Die Entdeckung von Katrin gab dieser Verehrung noch eine weitere Dimension. Er konnte sie sehen und hören, wann immer er wollte. Er konnte jeden Gesichtszug studieren und es fiel ihm nicht schwer, jeden Lidschlag, jedes Augenbrauenheben, jedes Lächeln, einzig auf sich zu beziehen. Er ist der Einzige, dem sie zulächelt, auf den sie deutet, dem sie zuzwinkert. Ein kleiner Wermutstropfen stört ihn immer wieder, sie sagt "Sie" zu ihm. Das ist ein kleines Manko, das er als Erstes abschaffen will, wenn sie bei ihren Spots nur für ihn da ist.

Am Karfreitag sind alle Geschäfte zu und er kann sich um die letzten Dinge kümmern, die ihm noch nach und nach einfallen. Das Tor zum Hof muss geölt werden. Obwohl der nächste Nachbar Hunderte von Metern entfernt ist, will er nicht, dass gerade diese Geräusche, weil sie so selten auftreten, irgendeinem zufälligen Passanten im Gedächtnis bleiben.

Als hätte er geahnt, dass es noch einmal so wichtig sein könnte, war sein Leben für die Öffentlichkeit praktisch völlig unbekannt. In die wenigen Geschäfte am Ort geht er nicht. Post erhält er sehr selten und wenn, dann sind es meistens irgendwelche noch an seine Mutter adressierte Werbebriefe oder Bitten um Spenden. Den Postboten hat er noch nie gesehen. Bekannte, die ihn zu Hause besuchen, hat er nicht. Einzig der Ex-Kollege, dessen Hund er schon einmal betreut, ruft ihn auf seinem Handy an. Den Hund holt er dann immer selbst in der Wohnung in Liblar ab, oder sie verabreden einen Übergabepunkt in der Nähe.

Er hat überhaupt keine Bedenken, Katrin in seinem Haus im Keller zu beherbergen. Die Beschaffung von Mahlzeiten macht ihm auch nur wenig Kopfzerbrechen, da es in der Umgebung genug Pizzerias gibt, die außer Haus liefern. Er wird immer selbst hinfahren und Katrins Wunschpizzas oder Pastagerichte abholen. Er hofft, dass sie auch Pizza mag, aber auch chinesische oder Thai-Gerichte sind, obwohl er auf dem Land lebt, kein Problem.

Katrins einzige Verbindung zu Außenwelt wird, außer ihm, Fernsehapparat und Radio sein. Internet und Telefon kann er ihr leider nicht erlauben. Höchstens, wenn er mit ihr gemeinsam ihren selbstgestalteten Ehrensenfbeitrag betrachtet. Aber soweit ist es ja noch lange nicht. Einige Tage muss er sich noch gedulden.

In Bonn gibt es einen Musikinstrumentverleih, der Saxophone im Angebot hat und den er am Samstag aufsuchen wird. Sicher macht es sich gut, das Instrument schon im Auto zu haben, wenn er Katrin am nächsten Dienstag in seinen Wagen steigen lässt.

Er wird sich einen Mietwagen holen und ihn zur Sicherheit mit anderen Nummernschilder versehen. Die Nummernschilder gibt es an Parkplätzen in der Ville. Die Autos stehen dort lange Zeit unbeobachtet und ein Schild mitzunehmen ist kein Problem, die meisten sind ja nur einfach in den Halterungen festgeklemmt. Ob die Besitzer, wenn sie dann vom Jogging zurückkommen und sich ausgepumpt hinters Steuer klemmen, überhaupt einen Blick auf ihr Nummernschild werfen, wagt er zu bezweifeln. Da das Auto ja noch da ist, werden sich die Bestohlenen auch nicht sonderlich beeilen, den Diebstahl der Kennzeichen melden. Damit erreicht er, wenn es doch, wider Erwarten, Zeugen gibt, mehrere Stunden Vorsprung, bis die Polizei den Trick mit den falschen Kennzeichen durchschaut hat.

Er glaubt, dass er alles fest im Griff hat. Am Besten an der ganzen Sache gefällt ihm, niemand weiß davon, kein Komplize und kein Verwandter, dem er irgendeine Geschichte zur Absicherung erzählen müsste. Er wird kein Lösegeld fordern und kein Bekennerbriefe oder E-Mails verschicken. Er wird sich Katrin einfach holen und mit ihr seine eigenen kleinen Internetfilmchen drehen. Er freut sich schon darauf, besonders auf die Nähe zu Katrin und vielleicht sogar von ihr noch etwas zu lernen, denn immerhin dreht sie schon fast zwei Jahre mit ihrem Team und ist auch gewissermaßen eine diplomierte Fachfrau für diese Art des Mediengebrauchs. Ganz verdrängt hat er den Gedanken etwas Verbotenes oder gar Schlechtes vorzuhaben. Immerhin entführt er einen Menschen und hält ihn dann in Gefangenschaft. Da er aber keinerlei Gewalt anwenden will und auch Katrin nie in seinem Leben ein Leid zufügen möchte und sicher ist, es auch nicht tun zu müssen, klammert er jeden warnenden Ton aus seinem Innern einfach aus.

Immer noch weiß er nicht, unter welchem starken Vorwand er sie in sein Auto locken wird.

Er sieht sich noch einmal sämtliche Folgen aus den letzten sechs Monaten von Ehrensenf an, ob ihm vielleicht dabei eine Idee kommt. Ob ihm sozusagen Katrin selbst einen tollen Tipp verrät.

Als er den Fernseher anmacht, sieht er Ronald Dreistern bei Jauch. Es ist nicht zu fassen! Dieser Queck hat es mit seiner Story bis in alle Medien geschafft. Immer noch ist kein Täter in Sicht, er aber hat sich zum Märtyrer aller Raucher dieser Welt entwickelt, beziehungsweise er wurde dazu benutzt. In einem Anfall von vorauseilender Selbstermittlung hat er gestanden, zwei Monate vor dem Attentat auf ihn, in Köln auf der Vorgebirgsstraße nachts drei Autos demoliert zu haben. Er war weitergefahren, hatte aber Lackspuren und Glassplitter hinterlassen. Aus Furcht, dass die Polizei im Zuge ihrer Ermittlungen in alle Richtungen, wie es immer so schön heißt, auf dieses unaufgeklärte Delikt stoßen könnte, hatte er vorsorglich gestanden. Zu allem Überfluss musste er auch ein Verhältnis zu einer verheirateten Floristin aus Bad Neuenahr aufdecken, weil diese, als er mit ihr Schluss gemacht hatte, in den Rhein ging, nicht ohne ihm einen entsprechenden Abschiedsbrief zu schicken. Die Ermittlungen liefen auch in diesem Fall ins Leere und man ging deshalb eigentlich von einem Unfall aus. Er ahnte jedoch nicht, dass er der Einzige war, der einen Abschiedsbrief mit den wahren Gründen erhalten hatte. Aus den gleichen Gründen, wie bei der Unfallflucht, brachte er auch in diesem Fall Licht. Solche Mitarbeit von Tätern kennt man ja aus jedem dritten Tatort, wo die Täter immer versuchen mit den ermittelnden Kommissaren Katz und Maus zu spielen. Im Tatort wird dann letztlich doch alles aufgeklärt, in diesem Fall endete es ganz anders als im Drehbuch vorgeschrieben. Diese Enthüllungen brachten Dreistern überhaupt keine Lorbeeren ein, aber der Weg in Medien war nicht mehr zu verhindern. Ein solcher Mensch ist ein Glücksfall für die TV-Sender. Es muss kein publikumswirksamer Fall konstruiert werden, niemand muss gecastet werden. Das wahre, pralle Leben liefert die besten Storys und Darsteller. So etwas kann man ja auch nicht erfinden, weder im Film, noch im Buch.

Man wartet jetzt förmlich darauf, dass er in den nächsten Tagen bei Kerner mit seinem Buch "Raucher im Visier" unter dem Arm auftaucht oder bei Christiansen zusammen mit Norbert Blüm, Gert Ruge, Hans-Dietrich Genscher, Michael Glos, Heide Simonis und dem unvermeidlichen Claude-Oliver Rudolph über das Thema "Vereintes Europa?" mitredet. Die ganze Geschichte hat ihm in keiner Weise geschadet, er wird eher als ein moderner Charly Chaplin gesehen, der ohne sein aktives Zutun in ein Räderwerk geraten ist, dem er nicht mehr entkommen kann. Bei dem Gespräch mit Jauch konnte er noch ein Highlight bieten. Er brachte auch noch Ehrensenf in die Debatte, in dem er bekannte, dieser Queck vom Lande zu sein und seine bevorzugte Forumspartnerin Nana vom Hochmoor ein Fake ist, den er sich ausgedacht hat, um im Forum ein bisschen Stimmung zu erzeugen. Diese Enthüllung war aber dem staunenden Publikum doch etwas zu abgedreht und mittlerweile gibt es Stimmen, die ihm auch zutrauen sich den Stich in den Hals selbst beigebracht zu haben, um irgendwie auf sich aufmerksam zu machen. Wie auch immer diese Sache weitergeht, es wird sich nichts daran ändern, dass sich das alles zu einem ungeklärten Fall für den langsam verstaubenden Aktenkeller entwickeln wird.

Ralph Moeller ist immer noch nicht weitergekommen. Er beginnt sich jetzt für Aalen zu interessieren, der Geburtsstadt von Katrin. Aalen hat er bis vor einiger Zeit überhaupt nicht gekannt und hätte es auch eher in Niedersachsen oder in den fünf teuren Ländern, wie ein ehemaliger Arbeitskollege immer sagte, vermutet. Wenn diese Frage in Jauchs Millionenspiel als 100-Euro-Frage in der Art: "Katrin Burenfried aus Schwaben wurde geboren in A: Lachsen, B: Welsen, C: Aalen oder D: Forellen? Hätte er eher an B: Welsen gedacht und vielleicht zur Sicherheit noch das Publikum gefragt. Auf Aalen wäre er garantiert nicht gekommen.

Er wird sich in Google ein bisschen umgucken und sich mit GoogleMaps etwas näher mit den landschaftlichen und baulichen Gegebenheiten beschäftigen, soweit das mit Satellitenbildern möglich ist. Vielleicht macht er Ostern ein Trip dorthin. Einmal um Katrin nah zu sein und sie womöglich irgendwo dort zu sehen und andererseits, um wenigstens ein Gesprächsthema für sie zu haben, wenn er sie von seiner absoluten Harmlosigkeit überzeugen muss.

Er glaubt nämlich, nachdem er bei Youtube Katrins Auftritt bei Harald Schmidt zum x-ten Male betrachtet hat, einen geeigneten Aufhänger gefunden zu haben, sie in seinen Wagen zu kriegen.

Sie hat ja selbst gesagt, dass verschiedene Sender bei ihr angefragt hätten. Ein neues Format, an dessen Entwicklung ein öffentlich-rechtlicher Sender, am Besten vielleicht ZDF, gerade arbeitet, ist doch sicher Anreiz genug für sie, mitzukommen. Besonders, wenn man größten Wert auf ihre Mitwirkung legt, nicht nur bei der Moderation, sondern auch in dem frühen Stadium der Ideensammlung und dem folgenden Entwicklungsprozess bis zur Marktreife. Da kann sie doch kaum ablehnen, es sei denn, sie ist sozusagen schon in festen Händen bei dem Projekt eines anderen Senders oder Verlags. Aber daran will er einfach nicht denken.

Am Abend, als er noch einen Rundgang über seinen Hof macht, um eventuell vorhandene Spuren seiner Keller-Einbauten zu beseitigen, hört er ein klägliches Maunzen. Katzen verirren sich hin und wieder mal in den einen oder anderen Raum der ehemaligen Stallungen. Mäuse gibt es dort ja auch sicher reichlich. Aber das sind Katzen auf der Durchreise oder welche aus der entfernten Nachbarschaft, deren Aktionsradius etwas größer ist. Nach einem letzten Kontrollblick, bei dem ihm aber nichts auffällt, was auf die Dinge hinweist, die sich demnächst hier abspielen sollen, will er gerade wieder ins Haus gehen, als er das Maunzen wieder hört, dessen Lautstärke sich gewaltig gesteigert hat. Jetzt entdeckt er auch die kleine dunkel, grau gestreifte Katze mit weißer Kehle und dickem, buschigen Schwanz, die sich jetzt direkt mitten auf den Hof gewagt hat.

Für Katzen hatte er schon immer etwas übrig, ungeachtet der Katzenhaarallergie, die ihn dann unweigerlich befällt, wenn ihm die Katze zu sehr auf den Pelz rückt. Die kleine Katze, vielleicht 10 Wochen alt, rührt sich nicht vom Fleck und lässt sich auch widerstandslos auf den Arm nehmen. Es ist eine kleine Katze, kein Kater, etwas mager, aber sonst putzmunter. Ihr Fell ist gestreift und auf dem ziemlich breiten Kopf ziehen sich vier dunkle Streifen bis zum Rücken. Der buschige Schwanz hat am Ende ein paar dunkle Ringe. Gerade jetzt kann er sich eigentlich nicht mit einer Katze einlassen, aber andererseits könnte er mit einem Tier, um das er sich kümmert, bei Katrin punkten. Vielleicht macht er ihr ja auch mit einem Kätzchen in ihrem Bunker eine Freude. Das alles führt dazu, dass er die Katze mit ins Haus nimmt, sie mit einem Schüsselchen Wasser versorgt und schon mal im Internet forscht, wie ein so junges Kätzchen optimal ernährt wird. Ein Korb mit einer kuscheligen Decke ist auch schnell gefunden und bald darauf hört er das erste zarte Schnurren seiner neuen Hausgenossin. Morgen muss er Katzenfutter für junge Katzen besorgen. Er kennt nur Whiskas, weil es in der Fernsehwerbung immer heißt "Katzen würden Whiskas kaufen", während KitKat kein Katzenfutter ist, sondern eine Knusperwaffel in Schokolade und man beim Entenschießen mit "Have a break! - Have a KitKat!" zu einer Pause damit gezwungen wird.

Weit nach Mitternacht geht er dann endlich ins Bett und fängt schon an sich Eröffnungssätze auszudenken, mit denen er Katrin auf sich aufmerksam machen will. Bevor er aber den ersten und wahrscheinlich wichtigsten Satz komplett zusammenstellen kann, ist er eingeschlafen.

7. April 2007

Noch vor dem Aufstehen weiß er, wie seine Katze heißen soll. Ronja, wie "Ronja Räubertochter" von Astrid Lindgren. Ronja liegt noch auf ihrem Platz, macht aber einen hungrigen Eindruck. Er zieht sich an und fährt sofort zum nächsten Fressnapf, um das Futter für Ronja zu besorgen. Katzenklo und ein ordentliches Körbchen müssen auch sein. Katrin soll ja, wenn sie überhaupt etwas mit Katzen anfangen kann, auch eine gepflegte Katze um sich haben. Er hofft, dass sie schon sauber ist und schon ein Katzenklo kennt, sonst hat er ein Problem. Die Fahrt in Katrins Heimat Aalen entfällt jetzt. Dabei hat er sich schon den mutmaßlichen Schulweg ausgedruckt, um auf ihren Spuren durch Aalen zu spazieren. Eine Adresse hat er im Internet gefunden. Da es nur einen Burenfried gibt, nimmt er an, dass es sich um Katrins Elternhaus handelt. Genau weiß er es natürlich nicht, aber Einzelheiten kann er ja klären, wenn sie bei ihm wohnt. Das Kätzchen stürzt sich sofort auf das Futter. Die Beratung beim Fressnapf hat also voll ins Schwarze getroffen. Er ist erleichtert, als er sieht, dass auch das Katzenklo bei Ronja nicht auf Ablehnung stößt. Anscheinend will sie alles tun was man von ihr erwartet, damit sie nicht wieder auf die Straße gesetzt wird. Nach dem Frühstück meldet er sich gleich beim Tierarzt an, damit er die Gewissheit hat, dass Ronja gesund ist und auch so bleibt. Einen Chip hat sie sicher nicht, aber das ist im Moment auch noch nicht notwendig. Darum kann er sich später kümmern. Als er vom Tierarzt nach Hause kommt und er im Keller wieder einmal nach dem Rechten sieht und alles zum hundertsten Mal kontrolliert, hört er das durchdringende Signal von einem Rauchmelder, den er im Container installiert hat. Es ist aber nur das Signal, dass die Batterie schwach wird. Gut, dass er es jetzt noch merkt und die Batterie austauschen kann. Dabei fragt er sich, ob der Rauchmelder überhaupt sinnvoll ist. Wenn Katrin raucht, dann spricht er ja dauernd an. Er hofft, dass sie genau so überzeugt wie er zum Nichtraucherlager gehört. Er möchte ihr nicht das Rauchen verbieten müssen. Katrin soll sich ja, obwohl im Keller eingesperrt, so wohl fühlen, wie es unter diesen Umständen nur möglich ist. Rauchen kann er aber nicht gestatten und beim Gedanken an das Hantieren mit Feuer wird ihm mulmig. Während der Inspektion kann er sich nur für seine Weitsicht loben, den Spiegel eingebaut zu haben. Bei einer Wohnungsauflösung hat er vor Jahren einmal einen Spiegel ergattert, der es erlaubt, von der anderen Seite durchzugucken. Was die Leute, die in der Wohnung lebten, damit angestellt haben, will er gar nicht wissen. Jetzt kann er, bevor er zu Katrin geht, sehen wo sie ist und ob sie irgendwelche Anstalten macht ihn zu überrumpeln und dann zu fliehen. Falls sie hinter das Geheimnis des Spiegels kommt, nützt es ihr wenig ihn zu zertrümmern, denn dahinter hat er ein stabiles Gitter angebracht. Soweit ist alles perfekt. Katrin kann kommen. Er weiß natürlich, von ganz alleine wird sie nicht in ihr Verlies spazieren. Er muss schon nachhelfen. Das ist nicht das einzige Problem das er spätestens am Dienstag lösen muss, denn Ehrensenf will erst wieder am Mittwoch nach Ostern auf Sendung gehen. Das andere Problem ist, dass er Katrin sicher nicht dazu bewegen kann, ausreichen Sachen zum Anziehen mitzunehmen. Dafür muss er dann sorgen. In Geschmacksfragen für weibliches Outfit hat er nicht das richtige Feeling. Seine Frau hatte ihn jedenfalls nicht gern zum Shoppen mitgenommen.

Immerhin soll man ja an Katrin nichts von den ungewöhnlichen Umständen bemerken, untern denen die selbstgedrehten Spots entstanden sind. Das ist aber kein Problem, sondern eine Herausforderung, wie es immer so schön in den Workshops hieß, die er im letzten Jahr seiner Berufstätigkeit mitmachen musste. Sein Unternehmen wurde damals umstrukturiert und ein Workshop jagte den nächsten. Waren diese dann glücklich abgearbeitet, stand schon wieder eine Schulung oder ein Seminar auf dem Programm. Er war froh, als er dann dieser geballten Nachhilfe in moderner Betriebswirtschaft und Personalführung entrinnen konnte. Ob es letztlich zu einem guten Ergebnis bei seinen ehemaligen Kollegen und der Firma geführt hat, blieb ihm dadurch allerdings auch verborgen.

Vordringlich war immer noch, ein TV-Format zu entwickeln, mit dem er Katrin locken und so begeistern kann, dass sie ihm folgt, ohne Schwierigkeiten zu machen. Nur ungern will er von dem bewussten Tuch Gebrauch machen, weil er die Nebenwirkungen des, ihm immer noch suspekt erscheinenden, Betäubungsmittels nicht hundertprozentig einschätzen kann.

Die Eckdaten für das Lock-TV-Format sind klar. Es soll etwas Neues sein, mit Technik zu tun haben und für Katrin soll ganz klar auf der Hand liegen, dass nur sie dafür in Frage kommt und niemand anders. Keine andere Frau und überhaupt kein anderer Mann.

8. April 2007 (Ostern)

Am Morgen stellt er sich vor den Spiegel und überprüft zum x-ten Mal in der letzten Zeit sein Äußeres. Er weiß, die ersten Sekunden sind bei einem Treffen entscheidend, ob man den oder die Andere mag oder nicht. Das gilt natürlich in erster Linie für Katrin, sie ist ihm ja schon sympathisch, auch nach vielen Stunden hat sich da nichts geändert. Er ist sich aber sicher, dass es bei ihm kein Problem geben wird. Seit einem alten Essen-Tatort von 1974, den es spätabends im NDR gab, weiß er, er sieht aus wie Hansjörg Felmy - damals. Er nimmt an, das genügt, um bei Katrin nicht gleich in der Schublade "Unsympathisch" zu verschwinden. Als er den Krimi sah, war er verblüfft, denn, wenn er es nicht besser gewusst hätte, er sah praktisch sich selbst zu, wie er in Essen die dortigen Kriminellen aufmischte. Den Punkt "Erste Sekunde" konnte er also abhaken. Er wollte in normalem Business-Outfit auftreten. Er war schließlich der ernst zu nehmende Repräsentant Frank Walter der Agentur "VIPer".

Mittlerweile war er auch mit dem neuen Format für das ZDF weitergekommen.

Es sollte eine Sendung sein, die neben den bekannten Zutaten, wie Talk, Show und Unterhaltung, die modernen Elemente Improvisation, Internet, Technik und neue Gesichter enthielt.

Es sollen sich sechs normale Menschen, die allerdings das gleiche Hobby haben, im Studio treffen und interessante Fragen der Technik aufwerfen und auch beantworten und zwar in ihren eigenen Worten. Echte Experten werden dann alles, so exakt es eben im Fernsehen geht, ausführlich darstellen. Das Ganze läuft in drei Phasen ab. Zuerst wird das technische Problem, z. B. "Unter welchen Bedingungen hat ein Satellit eine stationäre Position im All?", von den Hobbyisten, z. B. Dampflok-

Liebhaber, in Stammtischmanier erörtert, von einem Moderator begleitet. Dann wird ein Team von drei Leuten in den Hintergrund verbannt und versucht das Thema mit Hilfe des Internets zu präzisieren und gibt nach einer festgelegten Zeit einen Zusammenfassung. Bei dieser Recherche werden sie beobachtet, damit man die verwendeten Internetseiten später nachvollziehen kann. Dann tritt der entsprechende Experte auf und stellt das Thema wissenschaftlich exakt dar. Der Moderator leitet das Ganze.

Insgesamt werden pro Sendung zwei Technik-Themen auf diese Weise behandelt. Ein weiteres könnte z. B. sein: "Simultan-Übersetzung von Telefongesprächen ins Ausland" oder "Minikameras im menschlichen Körper". Die Themenvielfalt ist ja unendlich, gerade auf diesem Gebiet.

Ein paar zugkräftige Namen müssen natürlich auch einfließen. Denkbar wäre Bill Clinton als Gast bei der Auftaktsendung. Clinton spielt ja, wie jeder weiß, Saxophon. Das passt sehr gut zu Katrin, die in der fiktiven Sendung nicht nur den Link zu Internet und Technik bedient, sondern ebenfalls Saxophon spielt. Was spricht für das Duo Katrin und Bill, begleitet von einer namhaften Band? Er denkt da an Paul Kuhn. Für die Bearbeitung des technisch- wissenschaftlichen Hintergrunds wird er einen gewissen Uli Roterbaum nennen, einen Mitarbeiter von Ragnar Yogeshwar.

Bei diesem Format kommt es entscheidend auf den Moderator an. Er kann sich dafür nur Katrin vorstellen, auch wenn es vorerst nur sein Phantasieprodukt ist. Sie hat einfach alles, was man dazu braucht: Ausstrahlung, Erfahrung, Technikwissen, einen hohen Bekanntheitsgrad in der Internetgemeinde, umwerfendes Aussehen und sicher auch das notwendige Improvisationstalent.

Er will möglichst viele Namen verwenden, besonders auch bekannte, damit Katrin von einem ganz reellen Angebot ausgehen kann. Er hofft, sie ist mit ihm gleicher Meinung, dass einfach zu viele so genannte Promis in Fernsehen auftauchen. Keine Sendung ohne Prominente, durch was auch immer. Mittlerweile ist ja auch prominent, wer seine Großmutter umgebracht hat. Er muss es nur auf ungewöhnlichere Art und Weise machen als seine vielen Vorgänger.

Die Promis dürfen aber nicht nur über ihren nächsten Film, das nächste Buch oder die nächste Deutschland- Europa- oder Welttour reden, sondern geben auch noch jede Menge Senf zu allen möglichen anderen Wissensgebieten ab. Psychologie, Medizin und Kochen stehen besonders hoch im Kurs. Die Privaten haben ja schon seit einiger Zeit mit Normalos großen Erfolg und diesem Trend will jetzt auch das ZDF folgen.

Das alles muss er ihr in Kurzform und doch überzeugend vermitteln. Nicht ganz einfach!

Es ist ja auch wirklich so, das echte Leben schreibt doch immer noch die besten Geschichten. Selbst Rosamunde Pilcher hätte sich keine schönere Lovestory als die mit dem schwarzen Trauerschwan Petra und ihrem weißen Tretbootschwan-Schwarm auf dem Aasee in Münster ausdenken können.

Er hofft, dass das nicht nur seiner Meinung nach ein offensichtlicher Trend ist, sondern auch in den maßgebenden TV-Kreisen erkannt wurde und deshalb auch bei Katrin schon angekommen ist. Immerhin ist sie ja vom Fach und verhandelt auch sicher schon mit dem einen oder anderen Sender. Auf jeden Fall hat sie sich so bei Schmidt geäußert. Das heißt für ihn, er darf die Sache auf keinen Fall länger herauszögern, sonst kommt ihm womöglich noch ein anderer zuvor.

Die Grundzüge seines unwiderstehlichen Angebots liegen jetzt fest und er braucht sich am Dienstag nur noch vor der Wohnung von Katrin auf die Lauer zu legen und sein Ding wie geplant durchziehen. Dass es klappt, ist für ihn schon gar keine Frage mehr. Wenn sie erst einmal in seinem Wagen sitzt, hat er den schwierigsten Teil der Aktion hinter sich.

Langsam kommt doch so etwas wie Lampenfieber bei ihm zum Vorschein. Er kann sich kaum auf die einfachsten Dinge konzentrieren. Dauernd fragt er innerlich seine Checkliste ab, erkennt aber keine Schwachstelle. Die Sache mit dem Handy hat er auch schon gelöst. Er wird

Katrin bitten, ihm ihr Handy zu übergeben, weil das Labor von Uli Roterbaum, in das sie gezwungen sind zu gehen, vollgestopft ist mit empfindlichen Messgeräten, die von den Funkwellen des Handys gestört werden könnten.

Bevor er endlich in seinem Bett zur Ruhe kommt, ist es Ronja, die ihn noch einmal fordert. Sie war draußen auf dem Hof geblieben und hat ihn um halb zwölf mit einem kräftigen Miau und heftigem Kratzen an der Tür noch einmal zum Aufstehen gezwungen, damit er sie hereinlassen soll und sie sich es in ihrer Kuschelecke gemütlich machen kann.

Dann ist es ruhig im Haus. Nur von der Autobahn kommen die gewohnten Geräusche, an die er sich aber mittlerweile so gewöhnt hat, dass sie ihm fast fehlen, wenn er einmal irgendwo anders, weitab vom Verkehr, eine Nacht verbringt.

9. April 2007 (Ostermontag)

Kurz nach dem Aufwachen nimmt er sich vor, eine Nacht im Keller zu verbringen, damit er beurteilen kann, so gut es eben geht, wie sich Katrin dort fühlen wird. Natürlich ist es für ihn weniger stressig, aber er kann wenigstens erproben, ob es ihr an irgend etwas fehlen wird. Sollte er tatsächlich eine Schwachstelle finden, die sich verbessern ließe, wäre das dann am Dienstag gerade noch möglich. Ein paar Gedanken macht er sich schon. Wird sie seine Frühstücksgewohnheiten teilen? Er trinkt morgens Tee, isst zwei bis drei Brötchen, meist Körnerbrötchen oder die so genannten Wikinger vom Dorfbäcker, mit Wurst und Käse. Die letzte Brötchenhälfte bestreicht er immer mit Marmelade. Das hat sich ihm so eingeprägt und er weicht selten von diesem Schema ab. Das ist nicht gerade sehr exotisch, aber die Frühstücksgewohnheiten differieren doch sehr stark. Die Palette reicht von nichts bis zu einem opulenten englischen Frühstück und diversen Säften. Die schwäbische Katrin wird sich an sein Frühstücksgebaren gewöhnen müssen. Zu einem gekochten Ei wird er sich jedoch gerade noch überreden lassen. Zu mehr Zugeständnissen will er sich aber von Katrin nicht hinreißen lassen. Er will sich nicht zu sehr ihrem weiblichen Charme ausliefern, denn das könnte seine ganze Mission in Wanken bringen. Das ist, bei aller Sympathie, reiner Selbstschutz.

Er hat schon gemerkt, dass er immer weiter davon entfernt ist, Katrin vorrangig als attraktive Frau zu sehen. Er sieht nur noch die Probleme, die ihre Beherbergung machen, wie er sie unterhalten und ernähren kann, wie er verhindert, dass sie Kontakt mit der Außenwelt aufnimmt, ihn überrumpelt und flieht. Natürlich sind das in dieser Phase des Projekts auch die vordringlichsten Dinge, die zu beachten und zu bedenken sind. Vielleicht ist auch einfach der Stress zu groß geworden, jetzt, so kurz vor dem entscheidenden Moment. Morgen wird es ja schon ernst und immer wieder fallen ihm Dinge ein, die er noch nicht gelöst oder an die er bisher noch gar nicht gedacht hat. Was macht er, wenn Katrin ein Medikament braucht, selbst wenn es nur eine harmlose Allergie ist. Wie beschafft er Anti-Baby-Pillen? Hat sie überhaupt einen Freund, der ihm bei der Aktion morgen in die Quere kommen kann? Fragen, die während der Vorbereitungen von ihm regelrecht verdrängt wurden. Jetzt kommen sie ihm voll ins Bewusstsein. Seine kriminelle Energie ist ja eigentlich nicht besonders hoch, deshalb muss er sich schon überwinden, diese Gedanken, die alles verderben können, im Zaum zu halten.

Kurz vor einem entscheidenden Schritt wird er immer von Zweifeln geplagt. Das war bei seiner Scheidung so und auch kurz vor dem Ingenieursexamen.

Er gibt sich deshalb selbst den Auftrag, alle Verzagtheit zurückzudrängen und alles wie geplant durchzuziehen. Er will einfach Katrin nur für sich haben und nicht irgendwelchen hergelaufenen Katrin-Verehrern überlassen, die alle drei Wochen Katrin bedrängen, sie doch unbedingt zu heiraten. Schon vor dem Hintergrund der durchaus realistischen Möglichkeit, dass Katrin bald, zwar nicht von der Bildfläche, aber doch vom Platz bei Ehrensenf verschwindet, muss er seinen Plan durchziehen, ohne sich beirren zu lassen, mit allen Konsequenzen. Sicher haben Manager, Berater und andere Medien-Gurus das Potenzial in ihr entdeckt und werden sie mit angeblich tollen TV-Verträgen zu ködern versuchen. Dem muss er entgegenwirken und zwar jetzt. Die Gefahr, dabei geschnappt zu werden, ist denkbar gering. Es wird keine Lösegeldforderung geben. Er wird sich mit keinem Bekennerschreiben an die Medien wenden. Er wird Katrin beherbergen und bewirten und mit ihr seinen eigenen Internetbeitrag produzieren. Ob er diesen dann an Ehrensenf schickt oder nicht, ist ihm am heutigen Ostermontag auch noch nicht klar. Katrin ist für ihn zu einer echten Bildschirm-Ikone geworden, die nicht so unerreichbar ist wie Madonna und daran, dass er ihr so nahe wie kein anderer kommt, hat er keinen Zweifel mehr. Was man will, das erreicht man auch, hat vor kurzem ein Psychologe im Fernsehen gesagt und er ist fest entschlossen, die Probe aufs Exempel zu machen,

Er inspiziert jetzt noch einmal den Container im Keller und ist richtig stolz auf seine Leistung. In kürzester Zeit hat er einen schalldichten und ausbruchsicheren Behälter in den Keller gestellt, der kaum noch Wünsche offen lässt. Besonders stolz ist er auf seine Idee, die Lampen außen anzubringen, wodurch die Innenräume nur durch eine dicke Glasscheibe beleuchtet werden. Radio und Fernseher stehen ebenfalls außerhalb und werden durch eine Fernsteuerung bedient. Bei allen Thrillern, in denen Leute in Räumen festgehalten werden, kommt nie jemand auf die Idee, die Eingeschlossenen eine eigentlich tödliche Waffe benutzen zu lassen, die immer dort vorhanden ist. Strom ist ja immer da und es kann auch ein technisch Unbegabter sehr schnell eine Steh- oder Tischlampe zu einem sehr wirksamen Elektro-Schlagstock umbauen. Katrin hat technisches Verständnis und er traut ihr deshalb zu, dass sie auf diese naheliegende Idee kommt, um sich zu befreien. Innerhalb des Raumes gibt es keine Stromleitung und große, feste Gegenstände sind auch nicht vorhanden. Mit dem durchsichtigen Spiegel kann er sehen, ob sie sich in der Nähe der Eingangstür aufhält oder vielleicht einen Stuhl als Waffe benutzen will. Verständigen wird er sich mit seinem Spezial-Gast per Mikrophon und Lautsprecher. Für die erste Zeit hat er eine Klappe konstruiert, durch die es möglich ist, eine Pizza oder einen Teller nach innen zu schieben, aber nicht nach draußen durchzugreifen.

Als er gerade alle technischen Systeme überprüft, bellt Hermann ziemlich laut. Die Lautstärke seiner Einbruchssicherung muss er noch dämpfen, damit Katrin keinen Schreck bekommt, obwohl sie ja in einem fast schalldichten Raum ist. Die mutmaßlichen Einbrecher sollen ja nicht sofort erkennen, dass das Gebell nicht von einem echten Hund stammt. Er hat seine Türklingel mit einem PC verbunden, der sofort ein Hundegebell auf die Lautsprecher schaltet, da er in einer Ratgebersendung gelernt hat, dass sich Einbrecher von Hunden zuverlässig verscheuchen lassen sollen. Sein Hund heißt Hermann.

Er geht an die Tür und öffnet sie vorsichtig. Es ist ein Ausländer, der Aussprache nach ein Däne, der auf der Autobahn kurz hinter der Abfahrt liegen geblieben ist und fragt, ob er einen Ersatzkanister mit Benzin hat, um ihn wieder flott zu machen. Er kann ihm nur sagen, dass es in ca. 800 m am Ortseingang eine Tankstelle gibt, die ihm sicher weiterhelfen kann. Der Schreck ist ihm ziemlich in die Glieder gefahren, denn er kann sich nicht erinnern, wann zuletzt jemand bei ihm geklingelt hat. Der Postbote klingelt nicht, irgendwelche Pakete erhält er nicht. Eigentlich sind nur Autofahrer denkbar, die an der ersten erreichbaren Tür klingeln, wenn sie Hilfe brauchen. Aber die sind ja auch harmlos und er braucht sie nicht zu fürchten. Die Chance, dass sie irgendetwas Ungewöhnliches bemerken, ist ziemlich gering, besonders, weil der Fall so selten eintritt. Jetzt, nachdem es einmal passiert ist, sowieso nicht mehr.

Dummerweise ist Ronja dabei entwischt und nur mit Mühe wieder ins Haus zu locken. Sie ist einfach noch zu jung, um nachts draußen zu bleiben. Immerhin sind es nur 50 Meter bis zur Autobahn. Auf der A 61 hat eine Katze an dieser Stelle keine Chance, wenn sie versucht auf die andere Seite zu kommen. Erst die Auffahrt, die direkt hinter dem Haus vorbeiführt und dann die vier Fahrbahnen und der Grünstreifen. Pro Minute donnern auf diesem Abschnitt ca. 200 Räderpaare über den Asphalt. Das ist einfach zuviel für so eine kleine Katze.

Er geht in den Keller, weil er eine Nacht unter den Bedingungen im Container verbringen will, die er auch für Katrin vorgesehen hat. Die Tür lässt er natürlich auf, nicht ohne sie zusätzlich noch am Zufallen zu hindern. Denn nichts wäre lachhafter, als in seinem eigenen Keller eingeschlossen zu sein und dort zu verhungern, bevor er sich befreien kann. Als Notfallausrüstung legt er sich dann noch einen schweren Vorschlaghammer neben das Bett. Zur Entspannung liest er noch ein bisschen in der neuen Übersetzung von "Der Fänger im Roggen". Um halb zwölf schaltet er per Fernbedienung das Licht aus.

10. April 2007

Nachdem er, noch ganz schlaftrunken, wieder etwas sehen kann, ist er erst einmal ziemlich desorientiert, aber dann erkennt er wieder seine Umwelt. Er liegt im Bett, in dem Katrin heute Nacht hoffentlich gut schlafen wird. Er war aus einem Traum heraus aufgewacht, in dem er mit Katrin in Kanada war. Er kann sich ziemlich deutlich an alles erinnern, wie ihm das öfter so geht. Der Traum fühlt sich genau so an, wie wirklich Erlebtes. Offensichtlich hat das Stockholm-Syndrom voll zugeschlagen und er ist ein Herz und eine Seele mit Katrin. Sie fliegen von Düsseldorf aus über London-Heathrow nach Kanada. Am Check-In haben sie Schwierigkeiten, weil Katrin ihren Pass nicht findet, aber dann klappt alles reibungslos. Nur sein kleines Taschenmesser bleibt in England zurück. Sie fliegen mit British Airways und haben ziemliche Tuchfühlung, weil sie, trotz Armlehne sehr nahe beieinander sitzen und kaum Platz für die Beine ist. Was sie ausgerechnet in Vancouver wollen, ist ihm nicht ganz klar, aber er ist froh, unbeschwert mit Katrin zusammenzusein. Während des gesamten Fluges werden sie von den Stewardessen und Stewards exklusiv versorgt. Dauernd kommt jemand, eine Stewardess zu ihm und ein Steward zu ihr, und behauptet, es wäre ihnen eine Ehre, ihnen etwas Senf zu holen, damit sie ihre Kohlrouladen würzen könnten. Katrin darf in der Toilette eine Zigarette rauchen und kein Rauchmelder spricht an. Nach der Ankunft fahren sie mit einem Van zum Strand und filmen dort eine zeitlang im Dunkeln am Pazifik vor einem Mini-Stonehenge oder was auch immer es tatsächlich sein soll. Katrin friert im Bikini und eine Fähre stößt irgendwo in der Ferne in ein Nebelhorn und er wacht auf, geweckt von der Fanfare eines Lasters auf der Autobahn.

Er nimmt es als gutes Omen für seine heutige Aktion und tauscht noch die Gläser in Katrins Schrank gegen Plastikbecher aus. Sicher ist sicher.

Nach einem ausgiebigen Frühstück fährt er nach Euskirchen und holt einen BMW-Leihwagen ab. Er legt sich seine Betäubungsutensilien zurecht und fährt zu der Autobahnunterführung bei Heimerzheim, um sich auf dem dortigen Park-and-Ride-Platz ein Nummernschild zu besorgen. Es ist, wie erwartet, kein Problem das SU-Kennzeichen an einem Audi abzubauen und in einem Waldweg auf der Strecke nach Wesseling an seinem Wagen anzubringen. Die erste Etappe ist ohne Schwierigkeiten über die Bühne gegangen.

In Beuel wartet er in einer Parkbucht vor dem Haus, in dem Katrin wohnt, auf ihr Erscheinen.

Seine Geduld wird auf eine harte Probe gestellt, aber um viertel nach zwölf kommt sie tatsächlich aus der Haustür. Allein, aber ziemlich blass. Es muss sie doch ziemlich erwischt haben. Er steigt aus, nimmt seine selbstgedruckte Visitenkarte in die Hand und geht direkt auf sie zu. Sie bleibt kurz stehen und guckt nach links und nach rechts, als ob sie unschlüssig ist, wohin sie als erstes gehen soll.

In diesem Augenblick spricht er sie an. Jetzt kann er nicht mehr zurück und seine Aktion ist nun wirklich in der glühend heißen Phase.

»Guten Tag, Frau Burenfried!«

Sie guckt etwas irritiert.

»Sie sind doch Frau Katrin Burenfried?«

»Ja, habe ich was ausgefressen? Steht mein Auto im Parkverbot?«

»Nein, ich möchte gern mit Ihnen reden. Ich heiße Frank Walter, nein, nicht noch Steinmeier, nur Walter, von der Agentur Viper.«

»Okay! Um was genau geht es denn?«

»Es geht um eines neues Format für das ZDF, für das wir Sie als Moderatorin vorgesehen haben.

»Toll! Und warum weiß ich davon noch nichts?«

»Weil es sehr aktuell ist und wir durch verschiedene Umstände mittlerweile ziemlich in Druck sind.«

»Ich bin auch etwas in Druck. Ich war über Ostern krank. War bei meinen Eltern in Aalen und muss mir jetzt unbedingt was für den Kühlschrank besorgen.«

»Ich bin froh, dass es Ihnen offensichtlich wieder besser geht. Das war ja ein harter Schlag für Ihre Fans, dass sie sich einige Tage mit Mark begnügen mussten.«

»So schlimm war das auch nicht. Mark ist doch in Ordnung.«

»Schon, aber doch kein Vergleich mit Ihnen, Katrin. Zu Frau Burenfried muss man sich richtig durchringen. Für alle Ehrensenf-Gucker und auch für mich, sind Sie einfach nur Katrin.«

Katrin lächelt bekannt hinreißend, genau so wie bei Ehrensenf. Sie ist auch im wirklichen Leben eine tolle Frau. Ralph Moeller alias Frank Walter muss sich richtig zusammenreißen Katrin nicht kurzerhand zum Essen einladen. Ihm schwebt schon ein mindestens Drei-Gänge-Menü im Prümer Gang in Ahrweiler vor. Nicht nur wegen der tollen, leckeren Desserts ist es sein Lieblings-restaurant, wenn er schon einmal richtig gut essen will.

Er konzentriert sich wieder auf sein eigentliches Anliegen und macht einige Schritte in Richtung seines geparkten Autos.

»Das soll ja auch so sein«, lächelt Katrin.

»Kann ich Sie zu einem Termin in unserem Studio überreden. Machen Sie sich mal keinen Gedanken um Ihren Kühlschrank. Das kriegen wir hin!«

Katrin lacht jetzt genauso wie auf den vielen Mp3-Files mit Katrin-Lachern, die er im Internet gefunden hat. Er ist einfach hin und weg.

»Sie werden sich wundern, was "wir" dann alles besorgen müssen. Ich habe nämlich immer einen gesegneten Appetit. Ich kann mein Schwabentum eben nicht verleugnen.«

»Geschadet hat es Ihnen nichts. Wirklich nicht.«

Sie lacht wieder und hebt eine Augenbraue, wie nur sie es kann.

»Frau Burenfried, ich bin hier um Ihnen ein Angebot zu machen, das Sie hoffentlich nicht ablehnen werden, wie man in Mafia-Filmen zu sagen pflegt. Die Agentur Viper arbeitet an einem neuen Fernsehformat für das ZDF und dafür suchen wir genau Sie.«

»Da haben Sie sich aber den falschesten Augenblick ausgewählt. Ich bin überhaupt nicht in der richtigen Verfassung, zumindest heute.«

»Wir suchen kein Model oder so was, sondern eine Frau wie Sie, schon bekannt, aber in keiner Schublade, mit Ihrer Ausbildung und Ihrer Ausstrahlung, wenn ich das mal so kurz und bündig zusammenfassen darf.«

»Hört sich ja interessant an.«

»Ist auch interessant! Ich würde Sie gerne jetzt gleich mitnehmen, um die Unterlagen zur Vorlage beim Intendanten so schnell wie möglich fertig zu kriegen. Wir sind nämlich ziemlich in Druck. Wie immer.«

»Jetzt gleich? Das ist doch wohl ein Witz?«

»Leider nein. Ich werde Ihnen natürlich alles genau erklären und ich bin sicher, dass Sie es dann auch verstehen. Falls Sie sich Gedanken machen, wie Sie Ihren Hunger stillen sollen, den Sie als Schwäbin zu dieser Tageszeit ja sicher haben und wie Sie heute Abend zu Ehrensenf kommen. Keine Sorge, das werden wir zu Ihrer vollsten Zufriedenheit lösen. Versprochen!«

Mittlerweile stehen sie direkt neben dem Auto und Katrin macht einen lockeren Eindruck. Sie hat Jeans, ein T-Shirt und eine dünne Lederjacke an, weil es doch etwas kühl ist an diesem Tag. In ihren Augen vielleicht nicht das richtige Outfit für Probeaufnahmen. Jetzt darf "Frank Walter" keinen Fehler machen, wenn er alles ohne Gewalt, wie erhofft, über die Bühne bringen will.

Er setzt noch hinzu:

»Sie haben aber noch ein Mitspracherecht, oder sind Sie schon irgendwie festgelegt?«

»Nein, sich festzulegen wäre heutzutage reiner Luxus.«

Sie lacht wieder. Alles ist für ihn immer noch im grünen Bereich. Sie fügt noch hinzu:

»Jetzt zitiere ich mich schon selbst.«

»Ach ja, in einem Interview mit der taz haben Sie das im letzten Jahr auch schon gesagt. Und, wenn ich mich nicht irre, bei Harald Schmidt auch, wenigstens sinngemäß.«

»Prinzipiell hab ich heute etwas Zeit, wenigsten bis heute Abend. Durch Ostern und meine Krankheit, in Anführungsstrichen, denn so richtig krank war ich nicht, ich wollte einfach wieder mal nach Hause zu meinen Eltern, habe ich keine Termine und bis jetzt kann mir auch noch niemand verbieten, mich selbst um meine Karriere zu kümmern. Daran soll es also nicht liegen.«

»Dann kann ich ja noch hoffen. Was könnte denn das Ganze noch zum Scheitern bringen?«

»Na, mein Outfit ist nicht medientauglich und ich war auch noch nicht in der Maske.«

Sie lächelt und der Leberfleck über ihrem rechten Mundwinkel springt ihm ins Auge. Genau wie im Internet. Er kann sich manchmal kaum auf ihren Text konzentrieren, weil er den Leberfleck zu genau studiert. Wenn er bis heute Morgen mehr an der Durchführung seiner Aktion interessiert war, als an der Person Katrin, wird ihm jetzt klar, dass er es hier mit einer echt lebendigen, sehr gut aussehenden und gewachsenen jungen

Frau zu tun hat, die auch andere Sinne als nur die Augen anspricht. Dass sie sympathisch ist, wusste er auch vorher schon. Aber jetzt merkt er, dass die Chemie auch in jeder Beziehung zu stimmen scheint. Er muss sich innerlich wieder einmal energisch zurechtweisen und darauf achten, dass er nicht abdriftet und selber seine eigene "Mission" gefährdet.

»Da machen Sie sich mal keine Sorgen. Auch das kriegen wir in Griff. – Wir stehen übrigens gerade an meinem Wagen und wenn wir uns gleich, stante pede, wie der Lateiner sagt, auf den Weg machen, können wir eigentlich nichts falsch machen.«

»Okay! Sie haben mich zwar noch nicht ganz überzeugt, aber wenn ich etwas zu essen kriege und ich einigermaßen pünktlich nach Köln komme, um den Ehrensenf-Beitrag für morgen aufzunehmen, dann will ich mich mal in dieses Abenteuer stürzen. Los geht's!«

»Vielen Dank für das Vertrauen. Ich kann mir nicht vorstellen, dass wir nicht ins Geschäft kommen. Zur beiderseitigen Zufriedenheit natürlich.«

Er entriegelt mit der Fernsteuerung die Tür, öffnet sie und lässt sie einsteigen. Er läuft um das Heck des BMW, steigt ein und startet. Blinker setzen, Blick in den Rückspiegel und zusätzlich eine Kopfwendung. Alles wie in der Fahrstunde. Jetzt darf er nicht mehr auch nur den geringsten Fehler machen. Ein Crash auf der Fahrt nach Hause, geblitzt zu werden oder einen Platten, könnte alles verderben. Bis jetzt ging es ja wie nach Drehbuch. Katrin sitzt im Auto und er ist auf dem besten Wege, sie für lange Zeit als seinen Gast zu betreuen. Mittlerweile kann er sich kaum noch vorstellen, dass er Katrin jemals wieder so sehen kann, wie er es bisher am PC tat.

Er schert aus der Parklücke aus und fädelt sich in den Verkehr Richtung Autobahn nach Köln ein.

Während der Fahrt nach Wesseling hält er sich bei normalem Tempo auf der rechten Seite der dreispurigen Autobahn, obwohl auf diesem Teilstück ohne weiteres über 200 km/h gefahren werden kann, wenn es der Verkehr zulässt. Kurz vor dem Chemiekomplex, durch den die Autobahn führt, hört diese Freiheit auf und man wird auf 100 km/h runtergebremst. Katrin hat bisher nichts gesagt, wird aber zusehends nervös.

»Haben Sie eine Zigarette für mich?«, fragt sie ihn bei der Ausfahrt nach Bornheim, »Ich habe vergessen, mir welche einzustecken.«

»Leider habe ich keine, da ich Nichtraucher bin. Sorry! Aber vielleicht hat jemand eine im Handschuhfach liegen lassen. Schauen Sie doch einmal nach.«

Tatsächlich liegt ein Päckchen Marlboro dort. Sofort zieht sie eine Zigarette heraus und sucht nach Feuer.

»Mist, mein Feuerzeug habe ich auch nicht dabei!«

Ralph Moeller denkt bei sich, wieder ein Pluspunkt, ich brauche mir keinen Trick auszudenken, um ihr das Feuerzeug abzunehmen. Nicht so toll ist, dass sie raucht und er sie sozusagen doch ein bisschen foltern muss, weil er das Rauchen im Container aus naheliegenden Gründen nicht erlauben kann.

»Kein Problem, hier gibt es ja einen Zigarettenanzünder, wenn es auch eigentlich ein Nichtraucher-Auto ist.«

»Sorry! Jetzt nicht mehr. Aber danke, dass Sie mein Laster nicht unterdrücken wollen, wie so viele Leute.«

Sie schweigt, zieht den Aschenbecher heraus, legt sich etwas zurück und guckt entspannt nach draußen. Dann fragt sie aber doch: »Wo fahren wir eigentlich hin?«

»In das Studio von Uli Roterbaum in der Nähe von Euskirchen. Er arbeitet für den WDR und Yogeshwar. Sie kennen ihn bestimmt.«

»Nee, so viele Leute vom Fernsehen kenne ich auch nicht.«

»Ja klar, Sie spielen ja in einer ganz anderen Liga. – Ich meine nicht, dass Sie in der Regionalliga spielen und die Fernsehleute in der Bundesliga. Eher spielen Sie in der italienischen oder englischen.«

»Ich habe mich auch nicht in der Regionalliga gesehen.«

Sie lächelt ihn an. Er muss sich zwingen wieder auf die Fahrbahn zu schauen.

»Ich hatte Ihnen ja gesagt, wir sind schwer in Druck. Vor drei Wochen ist unser Studio in Hürth abgebrannt und noch nicht wieder in Betrieb, weil irgendwelche Richtlinien für den Brandschutz nicht erfüllt sind. Vielleicht haben Sie davon gelesen.«

»Nein, soviel Lokales lese ich gar nicht. Da habe ich im Moment auch echt keine Zeit zu.«

»Der Eigentümer der Studios muss das jetzt erst bereinigen und das dauert. Wir haben uns deshalb bei Uli einquartiert. Sie wissen ja, eine Hand wäscht die andere in dieser Branche. Das Ganze hat uns aber einige Wochen zurückgeworfen. Mittlerweile hat Cordula Stratmann mitgeteilt, dass sie bei der Schillerstraße aufhören will. Und bevor ein Sender von der ARD mit ihr etwas mit Impro macht, wollen wir mit unserem neuen Format am Markt sein.«

»Ah, wusste ich gar nicht. Aber wie gesagt.«

»Vielleicht jetzt ein paar Worte zu unserer Agentur und Ideenschmiede. So nennen wir uns gern. Wir haben Erfahrung im Casting von normalen Menschen wie du und ich. Zum Beispiel haben wir die Leute für das Schwarzwaldhaus, das Gutshaus und jetzt aktuell für die Steinzeit-Sache, dem Ötzi auf der Spur, zusammengesucht. Das sind Skills, die wir auch in dem neuen Projekt in die Waagschale werfen konnten, obwohl es diesmal für das ZDF ist.«

»Ach, Sie waren das. Ich habe mich schon gefragt, wie man an solche Leute kommt. Immerhin ist es ja nicht so einfach, sich für das Fernsehen in eines anderes Jahrhundert beamen zu lassen und auf Schritt und Tritt in eine Kamera zu gucken.«

»Ja. Einfach war es nicht. Bei dieser Sache haben wir ja damals Sarah Wiener fürs Fernsehen entdeckt. Die ist auch immer noch bei uns unter Vertrag. Also, nur ihre TV-Auftritte. Ihre Restaurants managet sie alleine, da ist sie ja der Profi.«

»Sarah Wiener kenne ich, das heißt, ich habe in Berlin in ihrem Restaurant im Hamburger Bahnhof gegessen. Das Essen war voll in Ordnung, das Ambiente fand ich etwas dünn. Zu viel Wartesaal. Über die Preise kann ich nichts sagen, denn ich war ja eingeladen. Übrigens aus dem gleichen Grund wie heute bei Ihnen. Das ist jetzt keine Anspielung aufs Essen!«

»Ah, interessant. Ist was draus geworden?«

»Nein, und ich bin auch ganz froh, dass es so gekommen ist. Ich möchte nicht viel dazu sagen. Sie wissen schon. Soviel vielleicht doch, es ging ums Tanzen und die Moderation mit H. P. Da wird doch nur ein kleiner Ausschnitt meiner Fähigkeiten gefordert – beziehungsweise, in diesem Zusammenhang, eher ein großer.«

Sie lacht wieder ihr tolles Katrin-Lachen und er ist etwas irritiert, weil er anscheinend irgend etwas nicht mitgekriegt hat. Er ist schon die ganze Zeit abgelenkt, weil er jetzt die Autoahn in Godorf verlässt und Richtung Brühl, Euskirchen weiterfahren will.

»Wie?«

»Ich meine: nur ein *großer* Ausschnitt ist gefragt. Ein Dekolleté eben.«

»Ach so. Jetzt verstehe ich. Ja, da haben Sie recht. Bei unserem Projekt ist das eher nebensächlich.«

Mittlerweile stehen sie in einem kleinen Stau, keinem echten Stau, aber in ziemlich zähflüssigem Verkehr. Hoffentlich erkennt hier niemand Katrin in seinem Auto. Die Kennzeichen sind zwar falsch, aber immerhin gäbe es dann einen Hinweis, wo sie sich zu dieser Zeit aufgehalten hat. Die Gefahr ist aber recht gering. Die Leute kümmern sich hauptsächlich um den Abstand zum Vordermann und die im Gegenverkehr haben nur die Jagd auf IKEA-Möbel im Sinn oder den Feierabend. Außerdem nimmt man Katrin nur im Internet und vielleicht noch im Fernsehen wahr. Dass sie auch im Auto an einem vorbeifahren könnte, liegt nicht im Raster.

»Herr Walter, worum genau geht es eigentlich bei Ihrem neuen Format?«

»Gut, dass wir das jetzt schon ein bisschen abhandeln können, das spart Zeit. Davon haben Sie ja so wenig.«

Die Stimmung ist gut. Besser als er es sich in seinen kühnsten Träumen erhofft hat. Katrin ist einfach eine Wucht. Ein bisschen kann er jetzt die vielen selbstgenannten Katrinverehrer im Forum verstehen. Aber nur er ist ihr jetzt so nah und nur er kann mit ihr die nächsten Tage in enger Tuchfühlung verbringen. Natürlich weiß er auch, dass es einige Hindernisse geben kann. Sie wird ja nicht sofort alle Fluchtgedanken fallen lassen und klein beigeben. Aber sie ist sicher intelligent genug, sich so zu verhalten, dass es ihr nicht schadet und sie wieder heil aus der Sache herauskommt.

»Wir beschäftigen uns mit der Idee, einige Leute, wir denken an maximal vier, mit einem seltenen Hobby zusammenzubringen und sie über ein technisches Problem nachdenken zu lassen. Sie dürfen auch in kleinen Zweiergruppen im Internet surfen und Material sammeln, um das besagte Problem noch besser zu verstehen. In ihren eigenen Worten werden sie dann ein Statement dazu abgeben, wie sie sich die Zusammenhänge erklären und dann wird ein echter Experte dieses Technikproblem, beziehungsweise seine Lösung, wissenschaftlich abgesichert, vortragen. Die ganze Sache soll jemand moderieren, der beides kann, einmal die Moderation während der Sendung und zum Zweiten, dem interessierten Zuschauer die Technik rüberbringen.«

»Schön. Und was wollen Sie damit erreichen?«

»Wir wollen Internet, Technik und normale Menschen zusammenbringen, und das über das schöne Medium Fernsehen. Beinahe hätte ich Ehrensenf gesagt. Immerhin wird, und das sagt sogar unser Präsident Horst Köhler, der Umgang mit Technik für die Menschen in unserem Lande immer wichtiger und nur die Wenigsten nehmen wahr, dass es da enorme Defizite gibt. Ich will mich jetzt nicht in Rage reden, aber immer noch kann z. B. ein Lehrer, wenn er nicht gerade der Physik-Lehrer ist, sagen, dass er keine Ahnung von Technik hat und er nur weiß, dass er auf den Schalter drücken muss, damit das Licht angeht, aber alles andere ihm immer ein Rätsel war und es auch bleiben wird. Man muss sich das einmal vorstellen! In einem Land das Gauss, Otto, Siemens und Einstein hervorgebracht hat, wurden bis vor kurzem noch Geschwindigkeitsbegrenzungsschilder mit km beschriftet!. Da muss doch was unternommen werden!«

»Ja, das leuchtet mir ein. So ähnlich haben das unsere Profs auch immer gesagt. Hört sich alles ganz gut an.«

»Ganz normale Menschen wollen wir deshalb einladen, weil heutzutage einfach zu viele Promis und Scheinpromis auf der Mattscheibe sind. Die Formate mit Normalos nehmen doch laufend zu und kommen doch auch bestens an. Siehe Gutshaus und Ötzi-Simulation. Frauentausch sowieso.«

»Okay, das hört sich ja wirklich gut an. Mit normalen Menschen bin ich auch lieber zusammen.«

»Die letzten Tage habe ich mich ziemlich intensiv mit diesem Projekt befasst. Das ging schon soweit, dass ich diese Nacht von Ihnen geträumt habe.«

»Hoffentlich hielt sich alles in Grenzen.«

»Absolut. Wir waren irgendwie in Kanada und Sie sind an einem Seil über einem Tal hin und her gependelt. Hundertprozentig weiß ich nicht mehr, wie das genau war. Nur, dass Sie so etwas wie einen indianischen Bademantel anhatten, ist mir noch deutlich in Erinnerung geblieben.«

»Na immerhin. Kanada ist ein traumhaft - glaube ich.«

Die schwerste Hürde ist genommen. Katrin hat quasi angebissen. Sie ist nicht aus dem Auto gesprungen und bis jetzt hat sie anscheinend auch nicht den leisesten Zweifel an der Story, die ihr "Frank Walter" aufgetischt hat. Er ist ziemlich überrascht von seinen Qualitäten als TV-Agent. Endlich machen sich die Workshops in der Kölner Impro-Schule bezahlt, die er in den letzten Monaten mitgemacht hat und die ihm geholfen haben aus seiner Vereinsamungs-Tristesse zu entkommen. Außerdem hat er dort die Fähigkeit trainiert, sich mit anderen Leuten zwanglos und über jedes beliebige Thema zu unterhalten. Die war ihm ja schon fast abhanden gekommen. Alles läuft so glatt ab, als wäre das Drehbuch eines Tatorts die Vorlage, denkt er, als er in die Hofeinfahrt seines Hauses einbiegt.

Jetzt darf er nichts mehr vermasseln. Noch ein bisschen Small-Talk bis zur Haustür.

»Ich hatte Ihnen ja erzählt, dass unser Studio abgebrannt ist. Der Kollege Uli Roterbaum hat sich hier in diesem Haus ein Studio für seine Physik-Versuche für Yogeshwar und andere Auftraggeber eingerichtet. Es ist ziemlich gut gegen Schall gedämmt. Wegen der Autobahn, die führt ja nur 50 m hinter dem Haus vorbei. Der Keller ist vollgestopft mit Computern und Messgeräten, das kennen Sie ja sicher vom Studium und Ehrensenf. Leider besteht er darauf, dass dort nicht geraucht wird.

Ich hoffe, Sie können eine halbe Stunde ohne auskommen.«

»Klar, so lange hab' ich's zwar noch nie ausgehalten, aber ich probiere es.«

Katrin lacht immer noch, als sie an der Tür stehen. Er schließt auf und bittet sie herein. Während sie über die Treppe nach unten steigen, muss er noch die letzte Hürde vor dem Container überwinden.

»Dummerweise ist ein Handy im Labor nicht gern gesehen. Würden Sie ihr Handy hier auf diesen Mauervorsprung legen. Sie können es aber eingeschaltet hier liegen lassen, damit Sie es wenigstens hören können. Bitte!«

Zu Ralphs Erleichterung stimmt sie dem ohne Murren zu und legt es eingeschaltet auf der Mauer ab.

»Vielen Dank für Ihr Verständnis. Uli ist etwas eigen mit seinem Labor. Hier machen wir dann auch gleich die Testaufnahmen. Das ZDF hat dafür, das kennen Sie sicher, so seine Richtlinien.«

Die Tür zu Katrins neuem Heim hat er schon vorsorglich weit geöffnet, damit man die massiven Riegel nicht sieht. Das wäre nun doch etwas zu auffällig. Riegel dieses Kalibers an der Außenseite eines Labors, sind ja sehr ungewöhnlich. Neugierig geworden tritt Katrin ein. Ralph Moeller bleibt vor Anspannung fast der Atem weg, als Katrin vollständig im Raum steht. Bevor sie sich umdrehen und ihn zu der ungewöhnlichen Ausstattung befragen kann oder gar Verdacht schöpft, schlägt er die Tür zu, schiebt die Riegel in die richtige Position und schließt ab. Jetzt kann er sich nicht weiter um Katrin kümmern, sondern muss alle Spuren verwischen, beziehungsweise falsche legen.

Er hat ihr eine Notiz auf den Tisch gelegt, in der steht, dass sie nichts zu befürchten hat, dass sie bei Frank Walter zu Gast ist und dass er für alles sorgt und ihr praktisch jeden Wunsch erfüllt, außer sie freizulassen. Er empfiehlt Ruhe zu bewahren, bis er ihr Näheres zu ihrem Aufenthalt mitteilt.

Er kontrolliert noch einmal den Container, damit er sicher sein kann, dass Katrin keine Möglichkeit hat, nach draußen zu kommen, nimmt sich das Handy von Katrin und geht nach oben. Das Auto muss noch abgegeben werden und eine SMS an Ehrensenf geschickt werden, das Katrins Einsatz sich verzögert und man sich keine Sorgen machen möge.

Die falschen Kennzeichen wirft er auf der Fahrt nach Euskirchen in die Erft. Mit seinem Wagen fährt er dann nach Köln und setzt eine SMS an Ehrensenf ab, dass sich Katrin noch nicht fit genug fühlt und zwei bis drei Tage länger braucht, bis sie sich wieder vor die Kamera traut. Die richtigen Namen findet er auf dem Handy. An ihre Mutter schreibt er, sie, Katrin, sei ganz spontan mit der Ehrensenf-Crew nach Ibiza geflogen und würde sich so bald als möglich von dort melden. Dann schaltet er das Handy aus, damit man ihn später nicht orten kann. Die letzten SMS sind dann von Köln aus geschickt worden und das ist ja auch richtig, aber bringt die, die nach ihr suchen werden, auch nicht wirklich weiter. Er hofft, dass es ziemlich lang dauert, bis jemand mit der Fahndung nach ihr beginnt. Mit jedem Tag, der nach dem Verschwinden ungenutzt vergeht, wird die Spur kälter, das weiß man aus jedem Tatort und jedem Kriminal-Roman von Chandler bis Mankell.

Auf der Heimfahrt löst sich langsam die Anspannung. Er hat alles geschafft, was er sich vorgenommen hat und der alte Murphy hat weggeschaut. Nichts ist danebengegangen, kein unvorhergesehener Fehler hat seine Aktion durchkreuzt. Katrin hat ganz toll mitgearbeitet, wenn man das überhaupt so ausdrücken kann, ohne zu wissen woran genau. Schade, dass er zu Feier des Tages kein Glas Sekt mit Katrin auf ihren ersten Erfolg als neues Produktionsteam leeren kann.

Katrinverehrer soll jetzt heiraten, wer ihn will und Code-monk kann sich weiter für das Wetter in Guantanamo Bay interessieren, ihn stört es nicht. An Queck vom Land hat er schon lange nicht mehr gedacht und wie es ihm geht, ist Ralph auch ziemlich egal.

Er kommt nach Hause und füttert erst einmal Ronja, die miauend um seine Beine streicht. An sie hat er heute den ganzen Tag über wirklich nicht gedacht.

Mittlerweile ist es fünf Uhr und Katrin wird sich schon eingelebt haben, soweit man das in ihrer Situation überhaupt kann. Sie weiß ja nicht, was er von ihr will, warum er sie entführt hat und wie die ganze Sache enden soll. Letztlich weiß er es auch nicht. Bei der Planung und den Vorbereitungen hat er stur alle wichtigen Punkte abgehakt und nur das Ziel: "Katrin in seinem Haus" vor Augen gehabt. Das hat er nun erreicht und jetzt heißt es, alles in einen Dauerzustand zu überführen.

Er will ab morgen sein eigenes Ehrensenf produzieren und all den anderen Katrinverehrern und Begeisterten das Objekt ihrer Begierde entziehen und ihnen ganz einfach eine Nase drehen. Sollen sie doch für Beate, Cathrin, Sara mit und ohne "h" und wie sie auch alle heißen mögen, schwärmen, die doch nie, auch nicht im Entferntesten, an Katrin heranreichen können. Katrin ist die Größte und ab jetzt in seinem Keller.

Er geht nach unten und blickt durch den Spiegel. Katrin sitzt auf dem Stuhl, hat den Kopf in den Händen vergraben und sieht ohne sichtbare Regung auf den Fußboden. Es ist alles zu viel für sie. Das kann er ihr auch in gewisser Weise nachfühlen. Jetzt merkt er erst richtig, wie müde er in den letzten Minuten geworden ist. Er ist einfach kaputt, schleppt sich nach oben und kaum liegt er im Bett, schläft er auch augenblicklich ein.

11. April 2007

Gleich nach dem Aufwachen, denkt er an Katrin im Keller. Er zieht sich an und guckt durch den Einweg-Spiegel. Katrin sitzt genauso angezogen wie am Tag zuvor auf ihrem Bett und reibt sich die Augen. Sie scheint etwas nervös zu sein. Wahrscheinlich fehlt ihr die Zigarette am Morgen. Leider muss sie darauf in nächster Zeit verzichten, aus Sicherheitsgründen für sie beide. Aber immerhin liegt das Saxophon auf dem Bett. Vielleicht kann sie sich ja schneller an ihr neues Zuhause gewöhnen als gedacht.

Jetzt kommt die Sprechverbindung zwischen Container und Außenwelt erstmals zum Einsatz.

»Guten Morgen, Frau Burenfried. Ich hoffe, Sie haben trotz der Umstände, in die ich Sie gebracht habe, gut geschlafen?«

Katrin zuckt kurz zusammen, fasst sich aber recht schnell und bellt gleich recht lautstark los:

»Gut geschlafen? Sie Witzbold! Holen Sie mich sofort hier raus!«,

»Tut mir Leid, Sie müssen das jetzt einige Zeit dort aushalten. Wenn Sie gut mit mir kooperieren, kann ich vielleicht über ein paar Erleichterungen nachdenken. Aber vorerst bleibt es so, wie es ist.«

»Was haben Sie sich eigentlich dabei gedacht? Lange kann es ja nicht dauern, bis mich jemand hier rausholt. Es wird mich ja wohl jemand vermissen und dann sollen

Sie mich mal erleben. Das ist Entführung, Freiheitsberaubung, Körperverletzung und sonst was. Dafür landen Sie für ein paar Jahre im Knast.«

»Im Moment sieht es ja nicht danach aus. Wollen Sie nicht erst mal ein ordentliches Frühstück? Kaffee oder Tee? Brötchen oder Croissants? Wurst oder Käse? Sie haben die freie Auswahl. Wenn Sie sich entsprechend verhalten, erleben Sie hier unten das Paradies auf Erden.«

»Paradies! Dass ich nicht lache! Gefangen haben Sie mich hier und ich weiß noch nicht mal warum. Machen Sie jetzt endlich die Tür auf, damit der Spaß ein Ende hat!«

»Noch Mal! Tut mir Leid, Katrin. Ich nenne Sie jetzt einfach Katrin und du, das erleichtert die Kommunikation doch sehr.«

»Ich kann mich ja nicht wehren! Was soll das eigentlich hier werden? Brauchen Sie eine Sklavin für Ihre perversen Spielchen?«

»Jetzt halte dich mal ein bisschen zurück, Katrin. Ich habe nichts dergleichen im Sinn, das hast du doch schon gemerkt. Ich bin doch ein ganz normaler, höflicher und eigentlich netter Mensch. Gut, ich habe dich unter Vorspiegelung falscher Tatsachen, wie man so schon druckreif formuliert, hier hin gelockt. Und das ist auch gut so. Also, Kaffee oder Tee?«

»Schütt' dir deinen Tee doch rein, wo du willst.«

»Na, geht doch! Also Kaffee. Ich bringe dir Wikingerbrötchen von unserem Bäcker hier im Ort. Und Wurst und Käse. Marmelade kannst du auch haben. Okay?«

»Hau ab!«

Die Sprechverbindung klappt hervorragend, nur das Gespräch selbst, kann noch optimiert werden. Er fährt zum Bäcker und holt die Brötchen. Der Kaffee ist fertig, als er zurück kommt. Die Brötchen sind auch schnell geschmiert und mit Wurst und Käse belegt, so dass Katrin schon nach 20 Minuten frühstücken kann.

Wortlos nimmt sie das Tablett an und isst. Wahrscheinlich denkt sie, jetzt auch noch zu hungern, wäre sicher falsch.

Er betrachtet sie und wird sich bewusst, dass sich nicht viel geändert hat, abgesehen von dem Bildausschnitt. Bei Ehrensenf guckt er auf einer Fläche von 15 cm mal 8,5 cm Katrin auf ihrem Stuhl sitzend zu, jetzt sind es 50 cm mal 50 cm. Immer noch ist alles sozusagen hinter Glas. Allerdings beschleicht ihn doch ganz hinten in seinem Kopf das Gefühl, dass irgend etwas schief läuft. Er kommt sich ein bisschen so vor wie ein Schmetterlingssammler, dem es gelungen ist einen ganz seltenen und prächtigen Schmetterling im Amazonasgebiet zu fangen und der ihn nun im Terrarium aus der Nähe betrachtet. Er sieht die Farben, die feine Zeichnung auf den zerbrechlichen Flügeln, die langen zarten Fühler und den zitternden Leib. Alles ist wunderschön, aber der

Schmetterling wird nie mehr in seiner Heimat, dem Urwald, ganz nach Herzenslust von Blüte zu Blüte flattern können.

Er ruft sich wieder einmal zur Ordnung und konzentriert sich auf seinen Plan. Katrin wird mit ihm das machen, was sie am Besten kann: Internetseiten humoristisch vorstellen und dabei so attraktiv sein, wie er es, seit es Ehrensenf gibt, gewohnt ist.

Die Fans im Forum können sich noch so aufregen, er ist der Einzige, der in Zukunft Ehrensenf mit Katrin genießen kann und sonst keiner. Er hofft, Katrin sieht bald ein: nur wenn sie schön mitspielt, geht es ihr gut.

Er sammelt das Frühstücksgeschirr wieder ein und ist froh, dass Katrin alles gegessen und getrunken hat. Wenigstens muss er noch nicht gleich mit einem Hungerstreik rechnen.

Katrin fängt aber sofort wieder an zu reden.

»Was soll das eigentlich sein? Kapiert habe ich das immer noch nicht. Du glaubst doch nicht, dass du ein Lösegeld für mich erpressen kannst?«

»Nein, daran ist auch nicht gedacht. Keiner wird erfahren, dass du hier bist. Ich habe mich nie im Forum als dein Fan geoutet, wie Katrin-Verehrer, katrinistmein und wie sie alle heißen. Du kennst mich als Frank Walter und das muss dir genügen. Es ist zwar nicht mein richtiger Name, aber vorerst behalte ich den für mich.«

»Soll das heißen, du hast mich entführt und hier hin geschleppt, weil du in mich verschossen bist, oder so was?«

»Zum Teil vielleicht. Ich finde dich echt gut bei Ehrensenf, aber ich kann nicht leiden, dass du zum Objekt der Begierde bei den anderen geworden bist. Lies doch mal die Forumsbeiträge. Da wird einem ja schlecht. Und dann diese Vergleiche mit den anderen Moderatorinnen und Mark, das ist doch das Letzte. Die können doch nie und nimmer an dich heranreichen. Deshalb mache ich jetzt mein eigenes Ehrensenf mit dir.«

»Du bist doch echt krank! Wie soll denn das gehen? Meinst du, ich setze mich hier vor die Kamera hin und quassele den Scheiß, den du mir vorschreibst? Meinst du das?«

»Ja, so hab ich mir das gedacht. Falls du mal um dich geguckt hast, ist es dir vielleicht schon aufgefallen. Die Ehrensenf-Kulisse ist ja schon da und das restliche Equipment habe ich auch. Wenn es nach mir ginge, könnten wir gleich loslegen.«

»So was kann sich ja nur ein krankes Hirn wie deins ausdenken. Das gibt's ja noch nicht mal im Film. Du hast doch nicht mehr alle Tassen im Schrank und ich doofe Pute falle auch noch drauf rein. Ich könnte mir selbst irgendwohin treten.«

»Katrin, so schlimm ist es doch gar nicht. Außerdem musste ich schnell handeln, denn über kurz oder lang bist du doch weg vom Fenster und wir alle müssen uns Beate angucken. Nach deinen Ausflügen ins Fernsehen kann man sich das doch an nur drei Fingern abzählen und muss dazu nicht mal Schreiner sein. Fernsehen ist nichts für dich. Glaub mir. Vergiss Fernsehen!«

»Das gibt's doch nicht! Was versteht du denn davon? Hältst dich wohl für den weltgrößten Zampano, der alles im Griff hat? Ich glaub ich spinne. Lass mich hier endlich raus! Verdammt noch mal!«

»Gemach, gemach Katrin. Bleib cool. So geht es nicht. Du beruhigst dich erst mal und dann sehen wir weiter. Du kannst dich wie zu Hause fühlen, es gibt sogar ein Saxophon. Du hast es ja schon gefunden und wenn du einen Wunsch hast, dann brauchst du es mir nur zu sagen. Ich erfülle ihn dir, wenn es irgend geht. Hast du alles was du brauchst? Ich meine in der Nasszelle, wenn ich das mal so nennen darf? Fehlt irgend etwas z. B. Nachtcreme, Zahnpasta oder Aftershave-Lotion? - War nur ein Scherz.«

»Das ist es nicht, was mir fehlt. Ich will hier raus, und zwar sofort! - Ach, scher dich doch zum Teufel!«

Katrin setzt sich dann an den Tisch und grübelt vor sich hin. Da sie nichts mehr sagt und anscheinend auch keinen Wunsch hat, geht er an seinen PC und fängt an ein bisschen im Internet zu surfen, um ein paar geeignete Links für den ersten Beitrag zu finden und gleichzeitig zu forschen, was Ehrensenf ohne ihr Zugpferd macht und ob es schon erste Meldungen über das Verschwinden der Kultmoderatorin Katrin im World Wide Web gibt.

Bei Ehrensenf guckt immer noch Mark mit seiner schwarzen Hornbrille nach rechts, von ihm aus gesehen. Die Meldung ist vom 4. April und im Forum kocht es schon. Katrinistmein drückt es ganz unmissverständlich aus: "Ich will Katrin wieder haben". Die Redaktion redet ziemlich diffus von "unglücklichen, aber nicht dramatischen Umständen" die verhindern, dass die Osterpause wie geplant am 11. April zu Ende ist und Katrin wieder da ist.

Die Forumsmitglieder ergehen sich in wilden Mutmaßungen und die meisten denken, Katrin ist jetzt schon zum Fernsehen abgewandert und wundern sich, warum die für diesen Fall getesteten Ersatzmoderatorinnen nicht greifbar sind.

Es gibt keine Hinweise darauf, dass irgend etwas Seltsames mit Katrin Burenfried passiert sein könnte. Wie auch? Auf die Idee, dass sie bei Ralph Moeller im Keller ist, kommt doch keiner.

Er wendet sich wieder seinem eigenen Ehrensenf-Projekt zu. Was er sich einmal vorgenommen hat, das zieht er auch durch. Das zeigt sich auch in alltäglichen Dingen. Ein Buch, ist es erst einmal angefangen, wird es auch bis zur letzten Seite gelesen. Es gibt nur sehr wenige Ausnahmen. Lemprières Wörterbuch war so eins. Es war ihm einfach zu verworren. Ein Film, hat er den

Anfang gesehen, und zwar ganz am Anfang, mit Vorspann, wird auch bis zum Ende geguckt. Selbst bei ganz kleinen Dingen wirkt sich das schon aus. Beim Lesen eines Buches oder Zeitschrift hört er am Liebsten erst bei einem Kapitelende auf, wenn er durch irgend etwas gestört wird. Auch in dringenden Fällen wenigstens bis zu einem Abschnitt oder Absatz, das aber auch nur, wenn abzusehen ist, dass er gleich weiterlesen kann, sonst muss die andere Sache eben warten. Falls ihm ein Wort nicht einfällt, oder der Name eines Schauspielers oder Autors, dann wird das sofort gelöst, wenn es auch mitten in der Nacht ist oder erst der Rechner hochgefahren werden muss. Er gibt nicht eher Ruhe bis er seine Wissenslücke geschlossen hat und sei sie auch noch so unbedeutend. Jetzt hat er sich das Projekt mit dem Eigenbau-Ehrensenf und Katrin in den Kopf gesetzt und hält auch daran fest, obwohl ihm, als ob er mittlerweile eine zweite Persönlichkeit in sich entwickelt hat, leise Zweifel kommen, ob es richtig ist, eine junge Frau gegen ihren Willen in diesem Keller festzuhalten.

Bei der Formulierung des Textes für Katrin und der Suche nach den entsprechenden Links, er hat ja keine Ehrensenf Mannschaft inklusive Forum an seiner Seite, die ihm die tollen Tipps liefern, vergisst er völlig die Zeit. Erst als Ronja miaut, schon gegen Abend, merkt er, dass er, total versunken im Internet, alles um sich herum vergessen hat.

Er geht in den Keller zu Katrin. Katrin, die ja noch nichts von dem durchsichtigen Spiegel weiß, steht davor und zupft an ihren Augenbrauen. Er kann jede einzelne ihrer Sommersprossen sehen, von denen sie einige hat, die man im Internet ja nie zu sehen kriegt. Er könnte jetzt ihren Leberfleck über dem rechten Mundwinkel ganz genau vermessen. Er kann in ihre brauen Rehaugen sehen, so tief er will und sie weiß es nicht und merkt es auch nicht und will es vielleicht auch nicht.

Es wird schwierig sein, nach diesem Anfang ein freundschaftliches Verhältnis zu Katrin aufzubauen. So viel Stockholm-Syndrom kann man sich gar nicht vorstellen, wie dazu nötig ist.

»Hallo Katrin! Hast du keinen Hunger?«

Sie zuckt zusammen und setzt sich an den Tisch.

»Hunger habe ich schon, aber keinen Appetit. Was wird denn in diesem 5-Sterne-Etablissement um diese Zeit serviert?«

»Du kannst eine Pizza haben oder etwas vom Chinesen, sogar Thai kann ich anbieten.«

»Okay, dann nehme ich eine Salami-Pizza und einen Dornfelder dazu. Das geht doch, oder ist das schon ein Wunsch, den du leider nicht erfüllen kannst?«

»Damit bin ich nicht überfordert. Den Rotwein musst du aber vorerst aus einem Plastikbecher trinken. Gib mir 20 Minuten.«

»Also gut! Ich esse die Pizza und dann lässt du mich hier raus. Der Witz kriegt schon langsam einen gewaltigen Bart.«

»Du hast den Ernst der Lage anscheinend immer noch nicht realisiert. Du bist hier und keiner sucht nach dir. Und wenn, dann wissen sie nicht wo. Deiner Mutter habe ich eine SMS geschickt, dass du in Ibiza bist und dich von dort meldest. Den Ehrensenfern habe ich gesimst, du wärst noch nicht fit und könntest deshalb noch nicht kommen. Jetzt dauert es, bis allen klar wird, dass du weder in Ibiza, noch krank bist. Wenn man deine Handyverbindungen ausforscht, kommt man auch nicht weiter. Beide SMS habe ich von Köln aus mit deinem Handy geschickt und es dann ausgeschaltet. Wo sollen sie suchen? Das Auto hatte falsche Kennzeichen und gesehen hat uns auch kaum jemand, der eine brauchbare Aussage machen kann. Der Container, in dem du jetzt wohnst, ist schallgedämmt und ziemlich stabil. Wenn ich nicht da bin, wird er elektronisch überwacht, mit Infrarot und mit akustischen und erschütterungsempfindlichen Bewegungsmeldern. Also, deine Chancen hier unbemerkt abzuhauen, sind gering. Am besten du arrangierst dich mit mir, dann geht es dir auch gut.«

»Du bist doch ziemlich krank in der Birne. Was soll das alles? Bin ich jetzt deine einzige Haremsdame, oder so was? Willst du das?«

»Nicht direkt, aber was nicht ist, kann ja noch werden. Du bleibst die Ehrensenf-Moderatorin, aber nur für mich. Du brauchst mich nicht mit anderen zu teilen. Du bist eben die Beste und sollst es auch bleiben. Alles andere wäre falsch.«

»Ich werd' verrückt. Ich wusste ja schon immer, dass mir da draußen ein paar merkwürdige Typen zuschauen, aber so was wie dich, hätte ich mir nicht träumen lassen. Nie im Leben.«

»Nun weißt du es und ich besorge jetzt die Pizza.«

Nach einer kleinen Pause sagt er noch:

»Das ist kein Traum. - Ich bin der Frank. Tschüss! Falls du Zigaretten holen gehst, denke dran, pünktlich zum Essen zurück zu sein und nicht für immer zu verschwinden.«

Als Ralph alias Frank nach 30 Minuten zurück kommt, hat sich Katrin auf ihr Bett gelegt und scheint zu schlafen. Der italienische Pizza-Bäcker hat ihm angeboten, die Pizzas auch zu bringen und wollte wissen, wo er wohnt. Er hat ihm gesagt, er käme aus Wichterich und holt sie lieber selbst ab, um ihm die etwas umständliche Fahrerei zu ersparen.

Sie ist aber sofort wieder hellwach, als er ruft:

»Hier ist Ihr ganz persönlicher Pizzadienst! Die beste Salami Pizza am Ort und Dornfelder, wie bestellt.«

Als sie merkt, dass es kein Pizza-Bote ist, verflüchtigt sich die erfreute Miene sofort wieder von ihrem Gesicht.

Schade, denkt Ralph, dass sie bei mir noch nicht einmal gute Miene zum vermeintlich bösen Spiel macht. Wieder fühlt er sich nicht ganz so toll, als er Katrin hinter Gittern sieht. Er hat sich auf der Fahrt überlegt, dass er zusammen mit Katrin in dem Container essen wird. Am nächsten Tag will er mit den Aufnahmen zu seinem ersten Ehrensenf-Beitrag beginnen und dazu braucht er eine Katrin, die so ist, wie er das bisher gewohnt war.

»Katrin, setzt dich bitte mit dem Rücken zur Wand an den Tisch. Ich werde jetzt mit dir zusammen die Pizza essen. Ist das okay?«

»Wenn's denn unbedingt sein muss. Ich fühle ich mich alleine auch ganz wohl hier und das ist kein Witz.«

»Würdest du dich bitte an die Wand setzen. Die Pizza wird kalt.«

»Kannst du mich sehen? Du bist auch noch ein Spanner! Ich esse lieber allein.«

»Ich bin kein Spanner. Ich kann aber feststellen, ob du an der Wand sitzt. Du kannst es ja testen. Setze dich irgendwohin und ich sage dir, ob du an der Wand sitzt oder nicht.«

Katrin geht vor den Spiegel und ruft ihm zu, dass sie fertig ist.

»Du sitzt nicht an der Wand!«

Sie machen das noch ein paar Mal, dann gibt Katrin nach, vermutlich, weil sie Hunger hat. Er schließt alle Schlösser auf und entriegelt die Tür. Sie sitzt am Tisch.

Von dort kann sie nicht so schnell aufspringen und ihm an die Kehle gehen. Er tritt vorsichtig ein, zieht die Tür hinter sich zu und schließt ab. Zum ersten Mal seit Dienstag sind sie im gleichen Raum, nur durch einen Tisch getrennt. Er packt die Pizza aus und verteilt die Teller. Die Pizza hat er in schmale Streifen geschnitten, damit man sie ohne Schwierigkeiten mit der Hand essen kann. Ein Messer wollte er doch nicht mit in den Raum nehmen. Sie essen und trinken den Rotwein aus Plastikbechern. Es herrscht so etwas wie Waffenstillstand. Außer Blicken gibt es keinen Kontakt. Keiner sagt etwas. Als die Pizza auf beiden Tellern verschwunden ist, holt er einige bedruckte Blätter aus seiner Hosentasche und legt sie auf den Tisch.

»Wir sollten keine Zeit verlieren und morgen mit der ersten Ehrensenf-Folge aus unserem Studio hier anfangen. Ich hab schon mal das Drehbuch für einen Teil verfasst. Du kannst dir es ja mal durchlesen und auswendig lernen. Soviel ich weiß, machst du es so, oder?«

»Du glaubst doch nicht, dass ich dieses Zeug spreche? Was bildest du dir eigentlich ein?«

»Wieso? Du bist doch hier der Profi und du machst das, was du am Besten kannst - Ehrensenf moderieren.«

»Wie lange soll denn das so gehen? Ewig? Bis du geschnappt wirst oder bis ich hier versauert bin? «

»Du hast es in der Hand. Wenn wir uns gut vertragen, können wir uns doch irgendwann als neues, innovatives

Produktionsteam wieder an die Öffentlichkeit wagen. Wir können das ja alles weiterentwickeln. Stillstand ist Rückschritt. Ich weiß nicht, wer das gesagt hat, im Zweifelsfall eben ich.«

»Du spinnst doch! Aber echt! Was willst du mit der ganzen Aktion eigentlich erreichen?«

»Das ist doch einfach. Ich will, dass du nicht zum Fernsehen gehst und dass du nicht mit Ehrensenf aufhörst. Das ist alles. Dazu ist mir eben fast jedes Mittel recht, wie du es ja gerade am eigenen Leib erfährst.«

»Du kannst doch nicht ernsthaft glauben, über mein ganzes Leben bestimmen zu können.«

»Nein, das will ich auch nicht. Aber über meins. Ich will einfach dich und Ehrensenf so erhalten, wie es bisher war. Du bist doch die Seele von Ehrensenf, wenn man das für ein Internetfilmchen so sagen kann. Ohne dich verschwindet ES, groß geschrieben, in der Versenkung. Keiner deiner Nachfolgerinnen oder Nachfolger wird deinen Kultstatus erreichen. Im Fernsehen kannst du nie an deinen Erfolg im Internet anknüpfen.«

»Meinst du?«

»Ja. Du hast doch gelesen, was deine Fans gesagt haben: Keine gute Figur gemacht, das Kleid war nicht toll, Harald hat sie nur vorgeführt, sie konnte sich nicht darstellen usw. Der Typ bei 3-nach-9, ich weiß nicht in welcher Serie der spielt, hat sich doch auch nur nach deinen Noten im Abi gefragt. Der wusste ja noch nicht mal, was Ehrensenf ist. Du wurdest doch einfach vermarktet und zwar noch nicht mal du selbst als Katrin Burenfried, sondern nur die Moderatorin von Ehrensenf und Grimme-Preisträgerin, die gerade in ist und lustige Internetfundstücke präsentiert.«

»Nur mal zur Information. Der Typ ist Giovanni di Lorenzo und Chefredakteur von "Die Zeit". Es gab auch gute Kritiken. Aber das ist ja immer so am Anfang.«

»Du bist doch nicht am Anfang. Du bist doch schon Top. Im Internet. Bleib doch einfach dabei. Auch dort kann man sich weiterentwickeln. Du kannst ja daran sogar mitwirken. Ist immer noch besser als im Fernsehen rumzuhampeln oder sich als Friseurin oder Eisverkäuferin mit Diplom zu verkaufen. Aus der Schublade, in die du einmal gepresst wurdest, kommst du doch nie mehr raus. Betrachte dir als bestes Beispiel Götz George als Schimanski. Der ist immer Schimanski, was er auch spielt. Die Leute lassen ihn doch gar nicht raus aus der Sache. Er hat seinen Dienst bei der Polizei quittiert und ermittelt immer noch, jetzt halt als Pensionär oder so. In "Der Totmacher" haben sich die Fernsehzuschauer gefragt, warum sie "ihrem" Schimanski so eine Scheißfrisur verpasst haben. Als er den Vater von Max Ballauf, dem Kölner Kommissar, spielte, haben sie sicher gedacht, gebt dem Mann seinen Schmuddelanorak, dann weiß er wieder wer er ist und lässt sich von seinem Sohn nicht so in die Ecke stellen.«

»Du bist doch echt krank im Hirn. Schade, dass ich nicht weiß, welchen Anorak ich dir geben müsste, dass du wieder auf die Erde kommst.«

»Du wirst mir später Recht geben. Lass uns doch nur Zeit. Wir kriegen schon etwas auf die Beine. Welches Alleinstellungsmerkmal hast du denn im Fernsehen? Du bist jung. Das sind andere auch. Du siehst sehr gut aus. Deine Konkurrentinnen sehen auch nicht schlechter aus. Du hast studiert und ein Diplom. Da bist du nicht die Einzige. Du hast Erfahrung im Medienbereich, wie das so schön heißt. Das können auch die anderen von sich sagen. Du bist dunkelhaarig, gut, du könntest dich ja blond färben. War ein Scherz! Willst du denn nur auf irgendwelchen Galas auftreten und Leuten Lolas oder sonst was überreichen und dir dabei in den Ausschnitt linsen lassen. Das kannst du doch nicht wirklich wollen! Das alles kannst du ja auch bei Ehrensenf haben. Eins steht fest, bei mir würdest du sofort den Franky kriegen. - Das ist der Oscar, den ich verleihe. Du wärst die Erste. Versprochen!«

»Ehrlich gesagt, mir geht dein Geschwätz auf den Geist. Hast du noch ein anderes Thema?«

»Nein, ich kenne kein anderes Thema. Du bist jetzt hier und jetzt kann ich dir das alles sagen. Das ist ja besser als jedes Forum. Ich kann mir einfach nicht vorstellen, dass das so toll ist, Leuten am Bildschirm Bären in Alaska vorzuführen oder Walflossen in Kanada zu zeigen.

Du willst doch nicht die Alida Gundlach des 21. Jahrhunderts sein? Denk einfach drüber nach!«

»Über diesen hirnlosen Kram brauch ich nicht nachzudenken, das ist einfach bescheuert hoch drei.«

»Okay. Ich gehe jetzt und lasse dir Zeit den Text zu lernen. Es war schön für mich mit dir zu reden, wenn es auch einseitig war. Das kommt noch. Falls du noch irgend etwas brauchst, sag es mir.«

»Ich bin die Katrin. Tschüss!«

»Bleib bitte sitzen, bis ich draußen bin. Du willst doch keinen Ärger, oder?«

Er steht auf, lässt Katrin nicht aus den Augen und macht die Tür auf. In diesem Augenblick saust Ronja in den Raum und springt auf den Tisch. Katrin ist ganz überrascht, dass es in diesem Verlies auch ein ganz normales Lebewesen gibt. Zum Glück lässt sich Ronja mit einigen Lockrufen aus dem Zimmer bugsieren. Beim nächsten Mal muss er besser aufpassen. Das hätte daneben gehen können.

Jetzt war es schon nach zehn und er war ziemlich müde. Das Ganze nahm ihn immer noch sehr mit. Er musste, wenn er mit Katrin zusammen war, beziehungsweise mit ihr sprach, den Macho raushängen lassen, der er eigentlich gar nicht war. Er sieht doch, dass Katrin wirklich nur gute Miene zu seinem perfiden Spiel macht. Ihr geht es gar nicht gut, so abgeschnitten von der Welt. Sie kann niemanden anrufen und es ist ihr nicht möglich, sich zu informieren. Sie hofft anscheinend immer noch, dass jeden Moment jemand kommt und sie aus ihrem Gefängnis befreit. So lange will sie sich offensichtlich kooperativ geben, um nicht Ralphs, oder, wie sie glaubt, Franks, Unmut zu erregen, mit Folgen, die sie nicht abschätzen kann. Soweit glaubt er sich in sie hineinversetzen zu können. Er wird allerdings weiter an seinem Plan festhalten und kann sich nicht vorstellen, in Kürze von jemandem daran gehindert zu werden.

Er versorgt Ronja und geht dann ins Bett um fast sofort einzuschlafen und kurz danach auch zu schnarchen.

12. April 2007

Jetzt ist das Frühstück schon Routine für Katrin. Das Morgenritual ist, obwohl sie erst seit vorgestern da ist, schon eingefahren. Sie wirkt auch ganz ausgeschlafen. Das Beste für ihre heutige Studioarbeit wäre, wenn er sie tatsächlich gestern von seiner Harmlosigkeit überzeugt hätte. Er ist sich darüber im Klaren, dass sie ihn für ziemlich gestört hält. Er hofft aber auch, sie glaubt nicht an eine echte Gefahr für sich, so lange sie sich zurückhält, auch mit Worten.

Er hat ihr gestern sein Script mit den Einstellungen gegeben und will direkt loslegen. Nachdem er sie wieder gebeten hat, sich an den Tisch zusetzen, geht er hinein.

Hinter ihr ist die gewohnte Dekoration angebracht, ihrem Kölner Studio nachempfunden. Zu seiner Überraschung liegt das Papier schon auf dem Tisch und das rechte Ohr ist gut sichtbar. Anscheinend kommt bei ihr vor der Kamera sofort der Profi zum Vorschein.

»Können wir loslegen, Frau Kollegin? Deinen Text hast du sicher auch schon auswendig gelernt. Immerhin hast du deine Frisur schon angepasst. Sie steht dir übrigens ausgezeichnet.«

»Ja, wegen mir können wir loslegen, je eher wir die Sache hinter uns gebracht haben, desto früher komme ich doch hier raus. Oder?«

»Da muss ich dich leider enttäuschen. Wir machen erst einmal ein paar Spots und dann sehen wir weiter. Grundsätzlich nehmen wir das alles ganz exklusiv für einen deiner glühensten Verehrer auf und der bin nun mal ich.«

»Okay. Wir legen los. Ein bisschen erinnert mich die ganze Situation hier an mein Studio in Köln. So schwer es mir auch fällt: Kompliment.«

Die Kamera ist schnell aufgebaut, das Licht ist ausreichend und die erste Einstellung wird gedreht. Sie gehen genau nach dem von Ralph gelieferten Drehbuch vor. Statt Ralph Moeller steht dort natürlich Walter, weil Katrin ihn ja nur unter diesem Namen kennt.

Script für den ersten Frank-Walter-Beitrag

Katrin: (mit einer Frisur, die das rechte Ohr sehen lässt)

Warum guckt ihr denn alle so auf mein Ohr? Noch nie meins gesehen? Ich will auch endlich meinen Beliebtheitsgrad so steigern wie Angela. Seit die Ohr zeigt, geht's mit ihr doch stetig aufwärts.

Ehrensenf- Senf

Katrin:

Gut. Ohren sind ja dazu da, dass man Schmuck dran hängt, dass man seine Haarsträhnen dahinter verhakt. Charles segelt damit und Genscher fliegt mit Ihnen. Also er hebt schon mal ab.

Quelle: http://www.ossmann.com/bigears/index.html

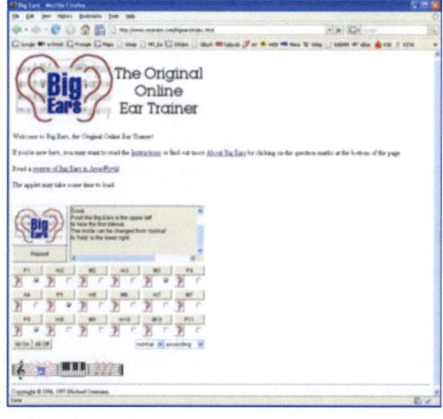

Auf Big Ear kann man lernen, mit ihnen auch zu hören. Irgendwie. Ist ja nicht unwichtig! Wer kann das schon so richtig und ums Zuhören zu lernen, haben wir bisher noch keinen Link gefunden und keiner von Euch hat uns einen Tipp dazu geliefert.

Ehrensenf- Senf

Katrin:

Quelle: http://kilrain.com/paintings/heads/

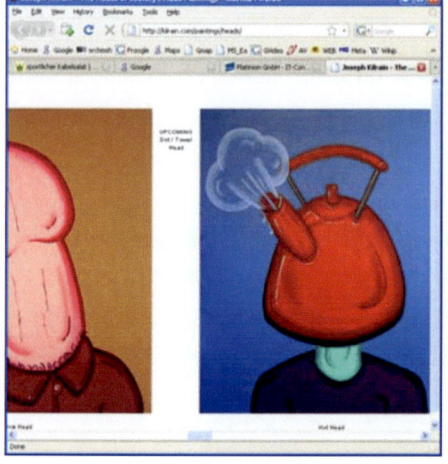

Die meisten Köpfe von Joseph Kilrain können aber weder hören noch zuhören. Manche können noch nicht mal was sehen. Bei dem ist es vielleicht auch besser so. Auf jeden Phall, also der mit PH, sieht man worauf der Typ aus ist.

Ehrensenf- Senf

Katrin:

Wenn man nicht gerade kopflos ist und das Wetter wieder verrückt spielt, sollte man vielleicht wieder den guten alten Hut aufsetzten, Ohren sind dabei manchmal auch ganz nützlich. Für jede mögliche und unmögliche Gelegenheit gibt's welche bei dirty Billy.

Quelle: http://www.dirtybillyshats.com/18th

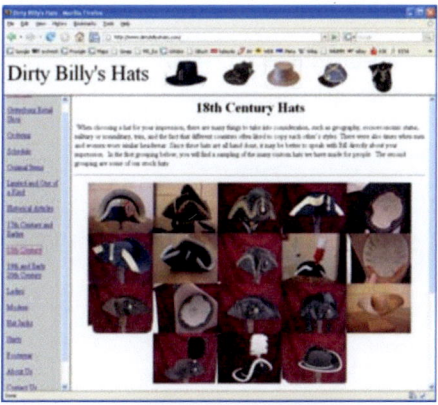

Da kann man unter die Seeräuber gehen, wie Johnny Depp oder sich in seinen Traummann Sarkozy, äh Napoleon verwandeln. Wie, sie kennen Napoleon nicht? Das war doch der Kerl der nach Malta gesegelt ist. Häh! (hält die Hand ans Ohr und guckt nach rechts (von ihr aus))

Off:

Elba!

Katrin:

Ach ja, Elba! Malta war ja der andere. Also Napoleon ist zwar weitgehend unbekannt, aber es soll ihn ja auch privat gegeben haben. Immerhin war sein Privatleben anscheinend ziemlich beweibt. Dass der überhaupt noch Zeit hatte, was anderes zu machen. In Moskau Schlitten fahren, zum Beispiel.

Quelle: http://www.napoleon-bonaparte.napoleon-online.de/html/napperson.html

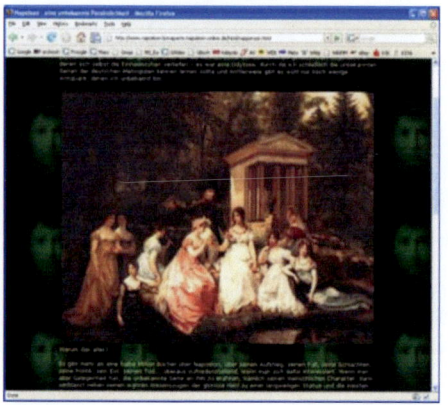

Ehrensenf- Senf

Katrin:

Hätte Napoleon doch diese Motorschlitten benutzt, da wäre die Sache damals ganz anders ausgegangen.
Quelle: http://www.motorschlitten.ch/

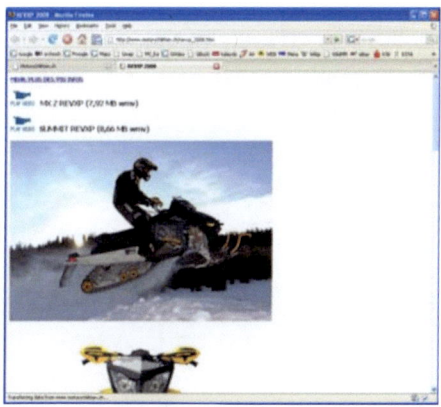

Da wäre die französische Armee nicht im Schnee stecken geblieben. Die Russen hätten die Franzosen überhaupt nicht erkannt. Weil sie so schnell waren, aber auch weil sie so vermummt waren. Unter den Helmen hätten ja die Köpfe von diesem Kilrain sein können oder sogar Ralf Möller, obwohl den ja sowieso keiner kennt. Wo haben die Schweizer eigentlich den vielen Schnee her? Bei denen ist die Klimakatastrophe offenbar überhaupt noch nicht angekommen. Wie auch? Die liegen ja weit hinter den Bergen, allerdings mehr als sieben, gleich neben Frankreich. Wo es Leute gibt, denen das Klima total egal ist, Hauptsache sie können Papier zusammenfalten, wie Eric Joisel.

Quelle: http://www.ericjoisel.com/home.html

Das hilft ja auch die Klimakatastrophe zu stoppen. Wenigstens un peut, wie der Franzose sagt. Es wird nicht verbrannt, man kann es zig-fach falten und spart dadurch enorm Bäume. Wenn die meisten Tiere und Insekten in ein paar Jahren ausgestorben sind, macht doch nichts! Wir haben sie ja alle in Papier!

Quelle:  http://www.influks.com/post862.html

Das hat ja auch noch echte Vorteile! Die Viecher beißen nicht und fliegen auch nicht dauernd um die Energiesparlampen rum und verdunkeln so das bisschen Licht, das die abgeben.

Ehrensenf- Senf

(Der Rest soll dann im Laufe der nächsten Tage dazukommen.)

Katrin: (jetzt mit einer Frisur die beide Ohren zeigt)

Das war Ehrensenf. Ich bin Katrin. (sie zeigt dabei mit dem rechten Zeigefinger vielsagend auf ihr linkes Ohr) Mit beiden Ohren kann ich die Angela sogar noch überholen. Und zwar mit links.

Ende

Obwohl es nur gut die Hälfte von einem echten Ehrensenfbeitrag ist, haben sie den ganzen Tag zu tun.

Katrin gibt sich zwar die größte Mühe, alles so normal
wie möglich erscheinen zu lassen, aber durchgehend
schafft sie es nicht. Immerhin ist sie nicht in Tränen
ausgebrochen.

Mal ist sie ihm zu ernst, mal klingt ihre Stimme zu ble-
chern, mal lächelt sie zu gequält. Alle Szenen wirken
irgendwie gestellt und nicht authentisch. Sie arbeiten
praktisch den ganzen Morgen für den Papierkorb. Ganz
verloren ist aber nichts, der Grundstock für einen abend-
füllenden Outtakes-Beitrag ist damit gelegt. Natürlich ist
es Quatsch alles so genau zu nehmen, aber er besteht
darauf. Wenn er schon die Gelegenheit hat, mit Katrin zu
drehen und zu arbeiten, dann soll das Ergebnis auch
vorzeigbar sein. Vielleicht wird es ja wirklich einmal
gesendet und dann will er sich nicht dem Gespött der
ganzen Internetgemeinde aussetzen. Die Leute im ES-
Forum, von denen er eigentlich nichts hält, sollen den
Unterschied nicht merken. Da will er, auch wenn das
etwas seltsam klingt, voll der Profi sein.

Sie sollen sich dann nicht über angeblich vorhandene
Ringe unter den Augen von Katrin mokieren und die
wildesten Mutmaßungen äußern. Sie sollen genau die
perfekte Katrin zu sehen kriegen, die sie bisher auch
immer auf dem Bildschirm hatten. Natürlich immer vor-

ausgesetzt, es kommt jemals zu einer veröffentlichten Ehrensenf-Produktion aus seinem Keller.

Die harte Arbeit vor und hinter der Kamera an diesem Tag, den sie ohne Probleme hinter sich gebracht haben, hat ihrer "Beziehung" auch richtig gut getan, glaubt zumindest Ralph. Katrin ist zwar nicht vor schierer Lebensfreude geplatzt, aber sie hat weder einen Fluchtversuch gestartet, noch die Arbeit verweigert. Er nimmt es als gutes Omen für ihr zukünftiges gemeinsames Projekt.

»Katrin, was sagst Du zu unserem ersten gemeinsamen Werk?«

»Was erwartest du? Etwa, dass es das tollste, intelligenteste, humorvollste Ehrensenf aller Zeiten ist? Zugegeben, es war nicht so grottenschlecht, wie ich geglaubt hatte. Fürs erste Mal ging es. Die Links mit dem Papierfalten, also diese Origami-Sachen, waren ja ein bisschen langweilig. Überhaupt sind die Links nicht ganz so fetzig geraten. Aber das kann ja noch besser werden, wenn du mich auch mal ins Internet lässt. Ehrlich gesagt bist du auch ein bisschen sehr pingelig. Immerhin musst du dich ja nicht mit einem Haufen Zicken am Set rumschlagen, sondern nur mit mir.«

»Ich fand es toll mit dir zusammen zu arbeiten. Wirklich! Genau so habe ich mir das immer vorgestellt. Und dass keiner das sieht und ich dich mit niemandem teilen muss und keiner dich kritisieren kann, das finde ich wirklich gigantisch.«

»Das ist jetzt echt schade, dass ich mich so abgerackert habe und keiner sieht es jemals.«

»Ich werde es mir sicher tausendmal ansehen. Da kannst Du sicher sein.«

Er weiß nicht so richtig, wie er das werten soll. Ist Katrin nun so moderat, weil sie ihn bei guter Laune halten will? Hat sie denn immer noch Angst, dass er plötzlich die sprichwörtliche Peitsche rausholt und ihr zeigt wo's lang geht?

»Wie geht es dir den wirklich? Ich kann gar nicht glauben, dass du so nett reagierst?«

»Was soll ich machen? Ich weiß ja nicht, wo das hier hinführt. Mir geht es überhaupt nicht gut. Ich hänge hier rum, muss notgedrungen tun, was du von mir verlangst und bin froh, dass du zwar nicht alle Tassen im Schrank hast, aber anscheinend nicht gewalttätig bist und auch keine Sex-Sklavin aus mir machen willst. Aber weiß ich denn, ob das auch anhält?«

»Tut mir Leid, aber ich konnte ja gar nicht anders handeln. Ein paar Wochen später und du wärst unerreichbar für mich geworden. Du hörst bei Ehrensenf auf, holst dir einen Manager und ziehst dahin, wo du groß raus kommen willst und ich sehe dich nie wieder. Das musst du doch einsehen.«

»Sag ich doch, du hast einen ziemlichen Knall. An mich hast du wohl nicht gedacht, oder? Ich muss hier rumhängen und dir zu Willen sein. Wenn auch nicht so, bis jetzt noch, dann doch so. Gefallen tut's mir nicht, das kannst du mir glauben.«

»Das kriegen wir schon hin. Jetzt essen wir erst mal was. Hunger hast du doch sicher auch?«

»Okay. Kann es denn diesmal was vom Chinesen sein?«

»Klar, kein Problem. Hast du einen bestimmten Menüwunsch?«

»Keinen Hund, aber irgendwas mit Huhn vielleicht, aber nicht so scharf.«

»Wird gemacht! Bis gleich.«

Er verschwindet wieder aus dem Raum, während Katrin am Tisch sitzt und er sie, trotz ihres harmlosen Verhaltens, nicht aus den Augen lässt.

Er fährt zu dem Chinesen in Bliesheim und kaum ist er wieder zurück und hat gerade die Teller aus dem Schrank geholt, als es klingelt und der Hund bellt. Unwillkürlich zuckt er zusammen, aber schon sein nächster Blick gilt der Tür in den Keller. Sie ist geschlossen, also erst mal Ruhe bewahren. Bevor es noch einmal klingeln kann, macht er die Tür auf. Auf der Eingangsstufe steht ein Polizist. Ralphs Puls beschleunigt sich, als der seine Mütze abnimmt und sich vorstellt.

»Guten Abend! Ich bin Polizeimeister Schiedlich von der Autobahnpolizei. Wir suchen einen mutmaßlich verletzten Hund.«

»Guten Abend. - Tut mir Leid, ich habe keinen gesehen.«

Ronja drängt sich durch Ralph Moellers Beine und guckt neugierig nach draußen. Der Polizist sieht das und meint:

»Oh, eine bellende Katze habe ich ja noch nie gesehen. Die sieht ja richtig wild aus.«

»Sie heißt Ronja und sie bellt nur ganz selten.«

»Bei dem entlaufenen Hund handelt es sich um eine schwarze Labradorhündin, die Pinta gerufen wird. Sie ist nach einem Auffahrunfall auf der Beschleunigungsspur nach Köln am Bliesheimer Kreuz entwischt.«

»Oh, tut mir wirklich Leid, ich bin eben gerade erst nach Hause gekommen.«

»Herr äh, hier steht kein Name an der Klingel.«

»Walter, Frank Walter.«

»Herr Walter, wenn Sie etwas sehen oder hören, rufen Sie uns bitte an. Sie ist vielleicht verletzt und verkriecht sich hier irgendwo. Wenn Sie mit ihrem Hund noch einmal raus Gassi gehen, können sie ja die Augen offen halten.«

»Mit meinem Hund? Ach so. Ja klar. Mach ich.«

»Tschüss und guten Appetit!«

»Danke. Ich war gerade beim Chinesen in Bliesheim. Da kann der Hund aber noch nicht gelandet sein. Wiedersehen.«

Der Polizist lacht und geht, nicht ohne sich im Hof umzusehen. Sein Puls beruhigt sich wieder, aber er nimmt sich vor, nachher eine Runde ums Haus zu drehen, um sicher zu sein, dass man nirgends in den Keller sehen oder sonst etwas Ungewöhnliches bemerken kann.

Das chinesische Huhn hat Katrin geschmeckt. Er glaubt, Katrin hofft immer noch auf ein Ende ihres Gastauftritts in seinem Keller, deshalb will er sie nicht enttäuschen und erzählt nichts von dem Besuch des Polizisten. Sie hat aber das Bellen gehört und glaubt, ein Hund bewacht sie auch noch.

Das Essen verläuft in normalen Bahnen, sie scheint müde zu sein und er denkt schon an Morgen, weil er den ganzen Spot noch einmal drehen will und geschnitten wird auch noch.

Freitag, 13. April 2007

Zum Glück ist Ralph Moeller nicht abergläubisch, aber wenn man das Datum so auf dem Kalender sieht, gehen ihm doch sofort die Unkereien von einem Unglückstag durch den Kopf. Anscheinend ist das seit Urzeiten tief im Hirn verwurzelt und wenn dann doch etwas Unangenehmes passiert, weiß man wenigstens, wer daran Schuld hat. Die verflixte Dreizehn eben, und noch dazu ein Freitag.

Katrin wirkt ziemlich ausgeschlafen und munter. Entweder hat sie sich mit ihrer Lage abgefunden oder hofft, dass der Tag ihrer Befreiung immer näher kommt. Ralph alias Frank soll das nur Recht sein. Das macht ihm das Leben leichter und für sein Projekt kann es auch nur hilfreich sein. Nach dem Frühstück machen sie sich wie ein eingespieltes Paar wieder ans Werk. Sie arbeiten, trinken Kaffee, machen Pausen in denen sie die nächsten Einstellungen besprechen und das eine oder andere ändern. Katrin ist fast wieder ganz die tolle Frau, die er von Ehrensenf kennt. Natürlich lacht sie nicht so oft, aber dass sie todtraurig nur mitmacht, weil sie dazu gezwungen wird, kann man auch nicht erkennen. Er weiß, diese Situation ist schwierig, aber er hofft, die Sache auf seine Art anzugehen, wird auf Dauer zu einer Freundschaft mit Katrin führen. Ihr bleibt ja auch letztlich nichts anderes übrig. Weil jetzt noch keinerlei Hinweise aufgetaucht sind, dass jemand sie vermisst und nach ihr sucht, stehen die Chancen gut. Aus vielen "Tatort"-Krimis weiß er auch von verdeckten Fahndungen und von der Schweigepflicht der Presse in sensiblen Fällen. In diesem Fall wäre aber bestimmt etwas in die Öffentlichkeit geraten, wenn es was zu berichten gäbe. Immerhin ist eine mittlerweile zur Kultfigur gewordene junge, gutaussehende Frau, wenn auch *nur* im Internet, vollkommen, wie vom Erdboden verschluckt, verschwunden. Was ja auch richtig ist. Sie wohnt ja jetzt in seinem Keller. Normalerweise ein gefundenes Fressen für alle Medien, besonders, weil Bildmaterial, mit der man die Story illustrieren kann, in jeder beliebigen Menge im Internet zur Verfügung steht. Die Flaute nach Ostern und vor dem G8-Gipfel wäre damit großartig zu überbrücken. Aber Fehlanzeige. Bei aller Verwunderung ist er stolz auf sich, das so gekonnt und kaltblütig durchgezogen zu haben. Und das gleich beim ersten großen Projekt. Die Sache in Ahrweiler ist nur noch sehr lose in seiner Erinnerung verankert, nicht wie ein wirkliches Ereignis, eher so, wie eine Szene aus einem Fernsehkrimi.

Sie arbeiten konzentriert an den Spots und Katrin gibt mit ihrer großen Erfahrung aus fast 300 Ehrensenf-Folgen die richtigen Tipps, wenn es einmal hakt.

Irgendwann haben sie die ganze Folge im Kasten und brennen alles im AVI-Format auf DVD.

Danach trinken sie endlich ganz gemütlich Kaffee und Katrin erzählt von ihrer Kindheit und Schulzeit in Aalen. Wie sie zu ihrem Technikjournalismus-Studium kam und über ihr Leben während des Studiums. Auch das verhinderte Praktikum in Argentinien, aus dem nichts wurde, weil sie ja kein Spanisch spricht und ihre verschiedenen Moderationstätigkeiten im Radio kamen aufs Tapet. Sie sprach darüber, wie nervös und auch gespannt sie war, als Clint Eastwood auf der Berlinale vor ihrem Mikrophon auftauchte. Sie wusste zwar nicht mehr genau, was sie bei Harald Schmidt so von sich gegeben hat, aber welche Krawatte er anhatte, war ihr noch gegenwärtig, als wäre es gestern gewesen. Er hatte einen gelb und dunkelgrau gestreiften Schlips an. Irgendwie fand sie das Interview allerdings nicht so gelungen, weil Schmidt sie eigentlich ein bisschen unter ihrem Niveau auf "hübsches Gesicht im Internet" reduzierte. Aber fürs erste Mal, fand sie, hatte sie sich wacker geschlagen. Es ist eben schwer, sich durch die Dominanz von HS nicht unterbuttern zu lassen. Sie sprach auch über ihre weiteren Pläne, die aber noch ziemlich vage sind, da sie erst die vielen spannenden Angebote sichten will, die sie mit ihrem künftigen Management dann auf lohnende Formate abklopft. Die Mediensprache hat sie schon voll drauf, um mit den Sendern auf Augenhöhe verhandeln zu können. Leider wird es jetzt nichts mehr damit, denn ihr einziger Manager ist Ralph Moeller und der wird sie bei keinem dieser TV-Sender unterbringen. Er stellt sich schon einen Namen vor, mit dem sie in naher Zukunft mit einer eigenen Produktionsfirma auf den Markt gehen könnten: www.karamo.de. Er findet, das hat was.

Hätte sich das Ganze in einem englischen Landhaus abgespielt, mit einem prasselnden Kaminfeuer, edlem Porzellan auf dem großen Eichentisch, Blick auf grüne Hügel in der Ferne und großblütige Hortensien im Vordergrund und einer alten Standuhr mit wohltönendem Westminsterschlag, wäre es als ganz zauberhafter Five o'clock Tea zweier Mitglieder des englischen Landadels eine typische Szene in einer Rosamunde-Pilcher-Verfilmung gewesen.

Bei der Verabschiedung hätten sich die Protagonisten ganz tief in die Augen geschaut und mit einem scheuen Kuss getrennt, nicht ohne sich noch einen Handkuss zuzuwerfen bevor die Tür des Jaguars mit einem satten Klang schließt und der Hausherr langsam im Schatten des Eingangs verschwindet.

Er findet den Abend richtig romantisch, Katrin sieht es sicher anders, denn man sagt ihr nach, sie sei unromantisch, das hat sie ihm erzählt.

In der Wirklichkeit war es eine ganz alltägliche Stimmung, aber immer noch sehr ruhig und fast schon freundschaftlich.

Katrin wünschte sich Sushi, aber in Anbetracht der Uhrzeit und dass das nächste Sushi- Restaurant in Köln ist, hatten sie sich auf Thai-Kost verständigt. Er fuhr nach Liblar und holte für sie eine Reisplatte für zwei Personen, die er sich auf Empfehlung des Wirts zusammenstellen ließ.

Als er sich um halb zehn über den Feldweg parallel zur Autobahnauffahrt seinem Haus nähert, sieht er nur noch Blau. Anscheinend feiern Polizei, Feuerwehr und Rettungsdienst ein großes Happening, genau vor seiner Haustür. Auf dem Feldweg, der eigentlich für den Durchgangsverkehr gesperrt ist, aber eifrig zur Abkürzung genutzt wird, hat sich schon eine Autoschlange gebildet. Da kein Weiterkommen möglich ist, steigt er aus und geht zu Fuß weiter. Ein Mann, der ihm mit seinen beiden Hunden, einem Riesenschnauzer und einem Husky, entgegenkommt, bringt ihn ungefragt auf den neuesten Stand der Ereignisse, so wild ist er darauf, jemand gefunden zu haben, der die Geschichte noch nicht kennt, die Story seines Lebens.

Er war der Zeuge, der praktisch einen Logenplatz hatte. Mit seinen Hunden hatte er um kurz nach neun gerade die Autobahnunterführung in Richtung Brühl hinter sich, als seine Hunde unruhig wurden, weil ein schwarzer Hund, ein Labrador oder so, einer kleinen Katze nachjagte, die die Autobahnzufahrt in Richtung der Hecke vor dem Haus auf der anderen Straßenseite in großen Sätzen überquerte. In diesem Moment kam ein holländischer Laster mit Anhänger, der mit großen Heu-Rundballen beladen war, und bog in die Auffahrt Richtung Venlo ein. Der Fahrer sah den Hund und bremste ziemlich plötzlich. Der Anhänger kam ein bisschen ins Trudeln und ein Rundballen löste sich und fiel auf die Straße. Ein Kieslaster in Maxiformat, Typ amerikanischer Truck, wollte dem Heuballen ausweichen und entschied sich für rechts, weil ihm der Linienbus 985 nach Köln entgegenkam. Er krachte bis zur Fahrerkabine in das Haus. Die Fensterscheiben zersplitterten, Mauersteine flogen durch die Gegend und das Haus wackelte bedenklich. Er rief mit seinem Handy die Polizei und Feuerwehr, noch bevor die Fahrer der beteiligen Autos überhaupt ausgestiegen waren. Tatsächlich waren Polizei und Feuerwehr auch nach wenigen Minuten zu Stelle und sie versuchten Ordnung in das Chaos zu bringen. Der Hund konnte eingefangen werden. Es soll der gewesen sein, der seit dem Vortag gesucht wurde.

Er war sozusagen der Kronzeuge. Seine Angaben wurden kurz protokolliert, aber der Polizeimeister schickte ihn quasi nach Hause. Er war etwas erbost darüber, dass sie sich nicht mehr für seine fachmännische Einschätzung der Lage interessierten und ihn links liegen ließen. Er erfuhr aber noch, die Katze wäre wahrscheinlich die, die einer der am Einsatz beteiligten Polizisten am Tag vorher in dem Haus gesehen hätte. Er hat aber trotzdem noch einiges mitgekriegt. Jetzt wären sie auf der Suche nach dem Bewohner, einem Herrn Walter, den der Polizist gestern dort angetroffen hätte und dessen Hund. Von einem Hund wisse er aber nichts, denn den würde er kennen. Er arbeite im Schichtdienst in einem Chemiewerk in Knapsack und irgendwann wäre ihm der Hund sicher einmal über den Weg gelaufen, wenn er mit seinen Hunden dort unterwegs ist. Angeblich habe man deshalb eine Suchhundestaffel angefordert und zusätzliche technische Hilfe, weil das Haus nach Meinung der Feuerwehr einzustürzen drohte. Er glaube aber auch daran nicht. Der Fahrer des Kieslasters würde von einem Notarzt versorgt, sei aber nicht ernsthaft verletzt, sondern stehe nur unter Schock.

Ralph Moeller kann es nicht fassen. In der kurzen Zeit, die er nicht zu Hause war, bricht praktisch seine Welt zusammen. Er ist zwar froh, nicht in dem Zimmer gewesen zu sein, als der Laster ins Haus krachte, aber um Katrin macht er sich echte Sorgen. So, wie ihm der Ablauf geschildert wurde, konnte ihr in dem Container eigentlich nichts passiert sein. Aber wie muss sie sich bei dem Unfall gefühlt haben? Über ihr brach mit einem Riesenknall alles zusammen, das ganze Haus wackelt bis in die Grundmauern. Der Strom fiel vielleicht aus und sie sitzt jetzt im Dunkel, ohne Licht und ohne die Möglichkeit eine Kerze anzuzünden. Er ist geschockt und verängstigt zugleich. Die Suchhunde werden sie wohl aufspüren, das kann wegen der Einsturzgefahr dauern, aber dann werden sie ihn, Ralph Moeller alias Frank Walter, suchen. Katrin wird ihn sicher nicht decken. Warum sollte sie? Er hatte sie zwar vor einer Stunde in guter Stimmung verlassen. Sie hatte ihm sogar ihre verschiedenen Größen für T-Shirts und sogar ihre BH-Maße, Körbchengröße und so, verraten, die er morgen besorgen wollte. Dass das aber so weit ging, ihn nicht ans Messer zu liefern, kann er sich sogar in einer superoptimistischen Phase nicht vorstellen.

Heute ist Freitag, der 13. Also doch, war sein erster klarer Gedanke, der zweite: Er muss verschwinden. Und zwar ohne lange zu fackeln.

Als hätte er sich Plan-B schon seit Langem zurechtgelegt, weiß er sofort, wie er verschwinden würde. Nach Schweden. Genauer gesagt, nach Göteborg.

Er wendet auf dem Feldweg und fährt direkt nach Erftstadt zur A1, Richtung Dortmund.

Im Rasthaus Ville macht er Halt und versucht seine Gedanken in Ordnung zu bringen. Etwas zum Essen hat er zum Glück ja dabei. Es ist sogar noch heiß.

Als er seinen Kopf wieder einigermaßen klar hat, weiß er auch, warum ihm schlagartig Göteborg einfiel. Im letzten Jahr besuchte er eine ehemalige Brieffreundin in Schweden aus seiner Schulzeit. Obwohl sie in der Zwischenzeit geheiratet hatte, waren sie immer noch befreundet und er hatte sie in den letzten Jahren hin und wieder besucht. Zu Schweden hatte er eine besondere Beziehung. Schon während seiner Ausbildung und während des Studiums reiste er oft nach Schweden. Ihm gefiel es dort, die Natur, die Küste, die kleinen Städte, Göteborg und Stockholm, die zwar großstädtisches Flair hatten, aber auch irgendwie kleinstädtisch putzig waren. Sauberer und frischer, vielleicht wegen der Nähe zum Meer, als andere europäische Großstädte. Mittlerweile hatte er auch genug Schwedisch gelernt und konnte sich über normale alltägliche Dinge auf Schwedisch unterhalten. Seine Brieffreundin Gunilla Ahlström, heute heißt sie Persson, wohnt in der Björcksgata in Göteborg.

Seit dem letzten Jahr hat er einen schwedischen Pass und Führerschein in seinem Handschuhfach. Der etwas ältere Bruder von Gunilla arbeitete für eine schwedische Firma im Elektronikbereich und war auf dem Weg über Moskau nach Peking. Der Flug war kurzfristig von seiner Firma vorverlegt worden und er war deshalb ziemlich überstürzt zum Flughafen Landvetter gestartet. Vor dem Check-In bemerkte er, dass sein Pass und weitere wichtige Unterlagen noch bei seiner Schwester auf deren Schreibtisch lag, weil er sich noch von ihr verabschiedet hatte. Die Papiere mussten so schnell wie möglich zum Flughafen gebracht werden. Ralph erbot sich, das zu übernehmen, weil sich Gunilla kurz vorher den rechten Arm gebrochen hatte und mit dem Gipsarm nicht gut fahren konnte. Er nahm die Papiere und fuhr los. Geschwindigkeitsbegrenzungen auf der Autobahn und in Ortsdurchfahrten beachtete er an diesem Tag selten. Sie kamen zwar rechtzeitig am Flughafen an, aber trotzdem leider zu spät.

Vom Personal des Flughafens hörten sie dann den traurigen Teil der Geschichte. Gunillas Bruder war nervös und rannte dauernd nach draußen, um den Pass so schnell wie möglich in die Hand zu kriegen und das Flugzeug zu erreichen, das ihn erst nach Stockholm bringen sollte, wo er unbedingt den Anschlussflug erreichen wollte. Dabei übersah er ein heranbrausendes Taxi, er wurde mit ziemlicher Wucht erfasst, über die Motorhaube geschleudert und so unglücklich gegen einen Poller geworfen, dass er noch an der Unfallstelle starb. Bei dem folgenden Chaos dachte niemand mehr an den Pass. Er fuhr wieder zurück nach Deutschland und hatte seitdem einen schwedischen Pass und Führerschein in seinem Handschuhfach. Gunillas Bruder, Torsten Ahlström, sah ihm sogar ein wenig ähnlich und bei einer normalen Kontrolle ginge er auch problemlos als Schwede durch.

Es dauert bestimmt ein paar Stunden, vielleicht sogar Tage, es war ja Wochenende, bis seine Identität genau genug für eine Fahndung feststeht. Katrin und der Polizist kennen ihn nur unter Frank Walter, das "Labor" im Keller gehört angeblich einem Uli Roterbaum, und das Haus ist auf seine Mutter eingetragen. Bis sie ausfindig gemacht ist und alle Zusammenhänge geklärt sind und nach ihm gesucht werden kann, hat er längst Schweden erreicht und ist dort untergetaucht.

Er wird nach Bremen oder Hamburg fahren, dort seinen Wagen irgendwo parken und mit dem Zug weiterfahren. Seine Kreditkarte hat er dabei, kann sich schnell noch ein paar Hundert Euro von seinem Konto ziehen und dann auf seine anderen Geldquellen zurückgreifen. In Bremen oder Hamburg kann er sich am Samstag noch reisekompatibel einkleiden und sich dann direkt als schwedischer Bürger auf den Weg nach Göteborg machen. Er versteht nie, dass sich alle Verbrecher, die in Krimis flüchten müssen, immer per Flugzeug davonmachen wollen. Das ist doch die erste Adresse, wo man sucht. Die Bahnhöfe des Tatorts auch. So blöd will er sich nicht anstellen.

Wieder einmal, trotz dem unheilvollen Freitag, klappt alles wie gewünscht. Murphy scheint doch recht oft zu schlafen. Er kommt sich wie in einem Film vor, in dessen Drehbuch alle Hindernisse, die möglich sind, gestrichen wurden, damit der Streifen nicht zu lang wird.

Nach einigen Stunden erreicht er Hamburg. Weil es in Bremen noch zu früh für einen Einkauf war, besorgt er sich auf der Mönckebergstraße in der Nähe des Hauptbahnhofs, als endlich die Geschäfte geöffnet sind, die notwendigen Utensilien und Kleidungsstücke für eine längere Reise, holt sich per Barzahlung eine Fahrkarte nach Göteborg und besteigt den Zug. Ab diesem Moment ist er Herr Torsten Ahlström auf dem Weg nach seinem Zuhause in Schweden.

15. April 2007, Göteborg

An seinem Ziel angekommen, er hatte in Kopenhagen eine Pause eingelegt und war dann die ganze Nacht unterwegs, besorgt er sich im Touristbyrå eine Privatunterkunft. In Göteborg, vielleicht auch in ganz Schweden, kann man sich Privatzimmer mieten, die

144

meist von älteren Damen angeboten werden. Das scheint ihm die einfachste Methode zu sein, um für einige Zeit von der Bildfläche zu verschwinden. Er meldet sich als Schwede an und behauptet dann bei der Vermieterin, einer alleinstehenden weißhaarigen und sehr netten Dame, die in einem mehrstöckigen Haus ihr ehemaliges Gästezimmer vermietet, es sei ein Missverständnis und er sei Deutscher. Das macht er, um nicht als Schwede getarnter Ausländer aufzufallen.

Mit einem Besuch bei Gunilla hat er keinen Erfolg. Sie und ihr Mann sind nicht da, weil sie seit drei Tagen in Urlaub auf Lanzarote sind und auch noch zwei Wochen dort bleibt, wie ihm ein Nachbar erzählt.

Er sucht sich ein McDonald's Restaurant mit Internetcafé und forscht, was es Neues in Sachen Katrin gibt. Er ist erstaunt, keine Meldung zu finden, die in irgendeiner Weise von dem Geheimnis im Keller des zerstörten Hauses an der A61 in Weilerswist berichtet. Der Unfall ist natürlich ein Thema. Seltsamerweise ist der große Star aber seine Ronja. Ein zufällig anwesender Zoologe vom Nationalpark Eifel hat die Katze, die der Auslöser des Crashs war, eindeutig als Wildkatze klassifiziert. Jetzt ist alle Welt erstaunt, eine Wildkatze zu finden, die ganz offensichtlich als Haustier dort lebte. Selbst in der Bild ist Ronja auf der Titelseite. Eine andere Zeitung titelte sogar: "Der Ur-Knall der Domestizierung der Katze". Am Beispiel dieser Katze könnte vielleicht das Geschehen besser verstanden werden, das vor Tausenden von Jahren die Katze zum zweitliebsten Kumpan des Menschen machte. Ronja wurde zu einer Art Ötzi hochstilisiert und von den Medien zu einem neuen Knut gekürt.

Er ist verwirrt. Was soll das bedeuten? Sucht man ihn jetzt vielleicht als eine Art Monty Roberts für Katzen, als Ronja-Bändiger?

Die Ehrensenfer sind verwirrt und verstört, weil Katrin nach den Osterferien nicht aufgetaucht ist und zweifeln an den Erklärungen, die die Redaktion und Spiegelonline gibt. Die Redaktion spricht weiterhin von unglücklichen, aber nicht dramatischen Umständen und SPON verspricht, dass am 16. April wieder mit Katrin zu rechnen ist.

Im Ehrensenf-Forum findet er auch einen merkwürdigen Beitrag von WunderlichemKind, der in seiner kryptischen Art von einem Opfer spricht. Das Wort ist mit Dollar-Zeichen und Strichen dargestellt:

```
____$$$$$___$$$$$$___$$$$$$__$$$$$$__$$$$$$_____
___
__$$$$$$$__$$$$$$$__$$_____$$_____$$$$$$$_____
__
___$$$$$$$__$$$$$$___$$$$$___$$$$$___$$$$$$_____
_____
___$$$$$$$__$$_____$$_____$$_____$$__$$_____
___
____$$$$$___$$_____$$_____$$$$$$__$$___$$_____
```

Jetzt versteht er überhaupt nichts mehr. Er kauft sich am Bahnhof eine Bild-Zeitung, die tatsächlich Ronja in Maximal-Format auf der Titelseite hat und von ihr schwärmt, als wäre sie jetzt wirklich das achte Weltwunder. Auch alle anderen deutschen Tageszeitungen vom Samstag haben Ronja auf den ersten Seiten. Er geht zum Nordstan Einkaufszentrum und dort direkt ins Murveln, eine urige Kneipe, um sich über seine weiteren Schritte klar zu werden, wenn er herausgefunden hat, was das alles zu bedeuten hat.

Die Kneipe hat gerade aufgemacht und er kann sich ein ruhiges Eckchen suchen, in der er seinen Kaffee trinken und in aller Ruhe über alles nachdenken kann.

Wenn er nur wüsste, ob er den Namen seiner Katze erwähnt hat, als der Polizist bei ihm war. Wenn nicht, konnte er nur von Katrin stammen. Dass die Presse zufällig auf Ronja kam, glaubt er nicht. Hat die Katzenlobby einfach Knut satt, der die Aufmerksamkeit der geschätzten Kundschaft abgelenkt hat? Da kam der Unfall gerade recht, der zwar spektakulär war, aber keinen Stoff für tagelange Storys geliefert hat, weil kein Mensch, außer dem Fahrer des Kieslasters, so richtig betroffen war. In der Sauregurkenzeit war aber ein unter Schock stehender Hund und eine Wildkatze, die sich nicht so benommen hat, wie es ihr die Natur vorschreibt, ein echter Glücksfall für die Presse.

Wo aber war er in der Geschichte geblieben und wo Katrin?

Hatte sich Katrin befreien können und ist dann in dem Chaos unbemerkt verschwunden? Soll die ganze Aktion eine polizeitaktische Maßnahme sein, um ihn in Sicherheit zu wiegen und ihn dann um so leichter zu fassen? Kennen sie überhaupt seinen richtigen Namen? Wurde der ganze Rummel inszeniert, um von Katrins Entführung abzulenken, weil so etwas im Augenblick überhaupt nicht gut für ihre zukünftige Karriere ist?

Er verstrickt sich immer mehr in die wildesten Verschwörungstheorien. Er sucht Beispiele aus Fernseh-Krimis, Büchern und Filmen für die Vorkommnisse am 13. April. Er fragt sich, ob Film und Fernsehen das wahre Leben abbilden oder ob sich die Realität jetzt schon nach den Drehbüchern der verschiedenen Medien richtet.

Er ist verwirrt, bleibt aber im Murveln, isst dort und trinkt dabei das eine und andere Bier. Ziemlich spät, es ist schon nach Mitternacht und es wird wieder ruhig im Pub, zieht er Bilanz aus allen Variationen, die er durchdacht hat.

Er findet nur noch eine Theorie plausibel:

Nach dem Unfall wird die Katze im Haus gefunden. Ein Zoologe, ob zufällig vorbeigekommen oder hinzugezogen, ist dabei egal, erkennt in der Katze ein Wildkatze, die normalerweise versteckt in der Eifel lebt und gibt seiner Verwunderung Ausdruck, sie in diesem Haus zu finden, in dem sie anscheinend wie eine normale Hauskatze lebt. Presseleute hören davon, beachten es aber nicht. Die Polizei sucht nach einem Frank Walter und setzt Suchhunde ein. Nach einiger Zeit, weil alles wegen der Einsturzgefahr recht langsam vorangeht, stoßen sie eher zufällig auf Katrin, deren Hilfeschreie ja nicht zu hören sind, da ihr Container schalldicht ist. Man hält sie vielleicht für eine Bewohnerin, die dort unten aus Versehen eingesperrt war. Die Befreiung gelingt erst in den frühen Morgenstunden, als keine Presse mehr da ist. Die Polizei und Katrins Berater oder Manager erfahren erst jetzt von dem ganzen Ausmaß ihres rätselhaften Verschwindens. Die Polizei hat allen Grund, das nicht an die große Glocke zu hängen und Katrin wird geraten, es genau so zu sehen. Man einigt sich also allerseits auf totales Verschweigen, was auch deshalb stark anzunehmen ist, weil man sonst ja in der Zeitung von der wundersamen Rettung einer Verschütteten hätte lesen können. Um alles noch besser zu vertuschen und die Presse mit anderen Dingen zu beschäftigen, wurde die Katzenstory ganz groß rausgebracht. Einen passenderen Namen als Ronja konnte man ja kaum finden. Nach dem, jetzt nicht mehr als vermisst geltenden, sondern flüchtigen Frank Walter konnte in aller Ruhe gefahndet werden, bis sich herausstellt, dass der Gejagte in Wirklichkeit Ralph Moeller ist. Da Knut pressemäßig schon kalt war und ein starkes Interesse der Katzenfutterindustrie an einem positiven Katzenbild, und dazu noch kostenlos, immer vorhanden ist, hat man dieser schnell um sich greifenden Wildkatzeneuphorie freien Lauf gelassen und sie eher noch verstärkt als verhindert.

Eine große Unbekannte in der Gleichung dieser Theorie, war Katrins Verhältnis zu ihm. Vom letzten Abend abgeleitet, rechnet er sich doch aus, einige Sympathiepunkte bei ihr auf dem Konto zu haben. Er hat sie immer zuvorkommend, höflich und freundlich behandelt und sie auch wissen lassen, dass er sie für eine tolle Frau hält und sie regelrecht anhimmelt, um nicht zu sagen, vergöttert.

Mit dieser Erkenntnis im Kopf und im Herzen wandert er durch die nächtliche Stadt zu seiner Unterkunft und schläft fest und tief, bis ihn um neun der Straßenlärm und die Müllabfuhr weckt.

16. April 2007

Er steht um kurz nach neun auf. Zwanzig Minuten später macht er sich auf den Weg, um irgendwo zu frühstücken und sich dann gleich ins Internet einzuklinken. In der Altstadt findet er bald Beides.

Kurz vor zehn verschwindet Mark und eine leicht angegriffene Katrin erscheint bei Ehrensenf, hübsch wie eh und je, ihre Stimme ist vielleicht etwas rauchiger als sonst und an ihren Augenringen kann man, wenn er genau hinsieht, gewisse Strapazen ablesen. Der normale Zuschauer und Fan wird ihr von den Ereignissen der vergangenen Woche nichts ansehen. Wenn doch, schiebt man es auf die kürzlich überstandene Krankheit.

150

Was ihn aber fast umhaut ist, dass sie ganz cool den Namen Ralph Moeller ausspricht und dass doch tatsächlich zwei der Links aus seinem Eigenbau-Ehrensenf-Spot übernommen wurden. Er ist überwältigt.

Er kann es sich nur so zusammenreimen: Katrin ruft ihn. Warum sonst sollte sie seinen richtigen Namen benutzen und auch noch mit diesem Satz: "Hoffentlich ist der nächste dann Ralf Möller!"? Er hat die Botschaft verstanden. Die Origami-Links heißen doch auch nichts anderes als: Ich habe mich ganz stark dafür eingesetzt, diese Links aus unserer gemeinsamer Ehrensenfproduktion heute zu verwenden, weil mir etwas an DIR liegt, Ralph Moeller, wo auch immer du sein magst.

Ganz benebelt vor stillem Glück wandert er ziellos durch die Stadt. Am frühen Nachmittag landet er in der Brasserie Lipp auf der Kungsportsavenyn. Die Sonne scheint und die Außenterrasse ist geöffnet. Die Gasstrahler liefern die zusätzliche Wärme, die zu dieser Jahreszeit von der Sonne noch nicht zu erwarten ist. Er bestellt sich einen Salat und ein Pripps Blå Export und freut sich wieder einmal darüber, dass Bier in Schweden so treffend Öl heißt. Er schaut auf die Straße, sieht den Menschen zu, die auf der Göteborger Prachtstraße an ihm vorbeigehen. Manche schlendern, manche eilen. Eine Straßenbahn kommt und hält schräg gegenüber auf der anderen Straßenseite. Aus dem hinteren Ausgang steigt eine junge Frau und steuert auf ihn zu.

Sein Atem stockt. Es ist Katrin. Kein Zweifel, sie hat ihn gefunden. Sie muss sich heute morgen in ein Flugzeug gesetzt haben, um zu ihm zu kommen, vielleicht um mit ihm unterzutauchen, bevor die Polizei ihn findet. Er springt auf und rennt ihr entgegen. Ohne auf den Verkehr zu achten, überquert er die Fahrbahn und übersieht den Saab, der ihn mit dem rechten Kotflügel zur Seite schleudert und auf die Straße wirft.

Er sieht die sprichwörtlichen Sterne, hört Hupen, quietschende Reifen und Bremsgeräusche, Stimmengewirr und Autotüren, die zugeschlagen werden. Alles Folgende erlebt er wie im Nebel und zusätzlich in Watte gepackt. Er hört die Sirenen von Polizei und Rettungswagen und spürt, wie er auf eine Bahre gehoben wird.

Ein Rettungssanitäter beugt sich über ihn und fragt ihn etwas. Er bringt nur die Worte heraus:»Wenigstens ein Saab und kein Opel.« Und dann noch, stammelnd und ziemlich undeutlich:»Katrin, hörst du! - Lehnst Fernseh'n ab, gell!?« Er hört einen der beiden Retter, die sich um ihn kümmern, seinen Kollegen fragen:»Vad säger han?«

»Jag förstår bara: Saab, Opel, Katrin, hedra, senap, gäll.«

Der zweite antwortet ihm etwas zerstreut:»Jag föredra **extra** stark senap. «

Ralph Stimme versagt ihm jetzt vollends den Dienst. Er kann sie nicht mehr berichtigen und den Irrtum aufklären, denn "hedra", den schwedische Ausdruck für **ehren**, hat er nicht wirklich gesagt, "senap" bedeutet **Senf** und hat nur bedingt etwas mit Fernsehen zu tun, mit Katrin schon gar nicht und "gäll" ist **scharf**. Er sieht nun überhaupt nichts mehr klar und scharf und verliert dann endgültig für lange Zeit das Bewusstsein......

16. April 2007, spät am Abend

Er wacht langsam auf und ist noch dabei zu erforschen, in welchem hellen, gelbgetönten Raum mit IKEA- Bildern an der Wand er wohl liegen mag, als eine junge, blonde Frau die Tür öffnet und ganz forsch eintritt. »Hej! God morgon Herr Ahlström, jag är Syster Eva-Lena. Hur är det med dig?«

Es ist nicht, wie erhofft Katrin, aber er weiß jetzt, dass die Sachsenklinik eine schwedische Praktikantin hat und denkt sich, gleich wird Arzu kommen oder Dr. Brentano. Oder vielleicht sogar beide, zusammen mit Prof. Simoni.

Er ist sich ganz sicher, Katrin wird ihn heute noch besuchen. Sie ist ihm bis nach Schweden gefolgt und wird auch bald hier in der Klinik erscheinen, um ihn herauszuholen.

Die Schwester geht wieder. Durch die halbgeöffnete Tür sieht er sie auf dem Gang mit einem Polizeibeamten sprechen. Sie deutet dabei auf sein Zimmer ....

Anhang
Liste aller im Text erwähnter Links:
Um keine Rechte zu verletzen, werden nur kleine Abbildungen von Screenshots als Bildzitate verwendet.
Für den Inhalt der angegeben Links sind ausschließlich deren Betreiber verantwortlich.

Die Adressen waren im Januar 2009 noch gültig.

http://www.ossmann.com/bigears/index.html

http://kilrain.com/paintings/heads/

http://www.dirtybillyshats.com/18th

http://www.napoleon-bonaparte.napoleon-online.de/html/napperson.html

http://www.motorschlitten.ch/

http://www.ericjoisel.com/home.html

http://www.influks.com/post862.html

und

http://www.ehrensenf.de

Archiv 16. 4. 2007:
http://www.ehrensenf.de/shows/ehrensenf/365-feiertage-desillusionierte-baeume-geklaute-werbung

Nachwort

Es gibt in dieser Geschichte einige Personen, die auch tatsächlich existieren. Daten und Fakten sind aber allesamt durch die Medien bekannt oder leicht recherchierbar. Weitere Personen sind in ihren Lebensdaten und Taten frei erfunden. Die Handlung dieses Romans ist nicht die dokumentarische Darstellung tatsächlicher Vorgänge, sondern basiert lediglich auf der archivierten und nachvollziehbaren zeitlichen Folge von Beiträgen auf www.ehrensenf.de, hauptsächlich von Katrin Bauerfeind moderiert.

Dieser Roman erhebt also keinesfalls den Anspruch, die geschilderten Vorgänge könnten wirklich wahr sein und sich so, oder so ähnlich, zugetragen haben.